Eça de Queirós

Civilização
e outros contos

Orientação pedagógica e notas de leitura: Douglas Tufano

Capa: aquarela de Rogério Borges

DE ACORDO COM AS NOVAS NORMAS ORTOGRÁFICAS

Moderna

☰III Moderna

COORDENAÇÃO EDITORIAL Maristela Petrili de Almeida Leite
EDIÇÃO DO TEXTO Luiz Guasco, Maria de Lourdes Andrade Araújo
ASSISTÊNCIA EDITORIAL Sônia Valquiria Ascoli
GERÊNCIA DA PREPARAÇÃO E DA REVISÃO José Gabriel Arroio
PREPARAÇÃO DO TEXTO Célia R. F. Menin
REVISÃO Vera Lúcia P. Della Rosa
COORDENAÇÃO DE PRODUÇÃO GRÁFICA Fernando Dalto Degan
EDIÇÃO DE ARTE Elizabeth Kamazuka Santos
CAPA Ricardo Postacchini
PESQUISA ICONOGRÁFICA Vera Lúcia da Silva Barrionuevo
DIAGRAMAÇÃO Humberto Luiz de Assunção Franco
COORDENAÇÃO E TRATAMENTO DE IMAGENS Américo Jesus
TRATAMENTO DE IMAGENS Delcides A. Assis
COORDENAÇÃO DE PRODUÇÃO INDUSTRIAL Wilson Aparecido Troque
IMPRESSÃO E ACABAMENTO Forma Certa
LOTE 293700

Dados Internacionais de Catalogação na Publicação (CIP)
(Câmara Brasileira do Livro, SP, Brasil)

Queirós, Eça de, 1845-1900.
    Civilização e outros contos / Eça de Queirós ;
orientação pedagógica e notas de leitura Douglas
Tufano. — 2. ed. — São Paulo : Moderna, 2004. —
(Coleção travessias)

    1. Contos portugueses I. Tufano, Douglas, 1948-.
II. Título. III. Série.

03-6291   CDD-869.3

Índices para catálogo sistemático:
1. Contos : Literatura portuguesa 869.3

ISBN 85-16-03982-X

Reprodução proibida. Art.184 do Código Penal e Lei 9.610 de 19 de fevereiro de 1998.

Todos os direitos reservados

EDITORA MODERNA LTDA.
Rua Padre Adelino, 758 - Belenzinho
São Paulo - SP - Brasil - CEP 03303-904
Vendas e Atendimento: Tel. (0__ __11) 2790-1500
Fax (0__ __11) 2790-1501
www.moderna.com.br
2021

Impresso no Brasil

1   3   5   7   9   10   8   6   4   2

Livros antigos para um público jovem

Para o público de hoje, a leitura de textos antigos pode parecer uma tarefa pouco prazerosa. Além da dificuldade de se compreender bem o sentido de muitas palavras e expressões de épocas passadas e da estranheza de certas construções sintáticas pouco usuais hoje em dia, há nessas obras uma sensibilidade artística diferente da nossa, valores morais que privilegiam outros comportamentos. Mas não seria possível ao leitor contemporâneo compreender essas obras e até mesmo extrair delas o prazer da leitura?

A Editora Moderna apostou no "sim" e investiu numa edição diferenciada dos clássicos. A exemplo do que já é feito em outros países, em que uma mesma obra é editada com diferentes níveis de informação, os clássicos da coleção Travessias apresentam um minucioso trabalho de comentários à margem do texto integral.

O leitor iniciante tem muito a ganhar com essa leitura sinalizada, em que informações históricas, esclarecimentos sobre a linguagem da época e características literárias da obra em questão são apresentados por uma competente equipe de professores, sob a coordenação de Douglas Tufano, reconhecido autor de livros didáticos.

Nossa intenção principal é aproximar passado e presente, levando o leitor a descobrir nos enredos dos livros antigos as mesmas emoções que nos empolgam hoje.

O Realismo

O Realismo foi um movimento literário que teve início na França, em 1857, com a publicação do romance *Madame Bovary*, de Gustave Flaubert. Constituindo uma oposição ao idealismo romântico, o Realismo propõe uma representação mais objetiva e fiel da vida humana. O romance não é mais visto como distração, e sim como meio de crítica às instituições sociais, denunciando principalmente a hipocrisia e a corrupção da classe burguesa.

Influenciados pelos métodos experimentais postos em voga em meados do século XIX pelas ciências naturais, os escritores realistas procuram criar suas personagens com base na observação direta da realidade. Por isso, saem a campo para fazer pesquisas e colher dados sobre o assunto que vão desenvolver, esforçando-se por dar aos romances um valor de documento da realidade.

Situação histórica

A partir da segunda metade do século XIX, a sociedade europeia apresenta significativas mudanças. A civilização burguesa, industrial e materialista, começa a firmar-se; as ideias liberais espalham-se, provocando agitações políticas em muitos países; as cidades industriais crescem e atraem um grande número de operários, que começam a organizar-se em associações. As ciências naturais, por sua vez, desenvolvem-se, e os métodos de experimentação e observação da realidade passam a ser considerados os únicos capazes de explicar o mundo físico.

Eis alguns pensadores e cientistas importantes dessa época:

• Auguste Comte (1798-1857) — pensador francês considerado o criador da Sociologia, que, segundo ele, devia utilizar os métodos positivos das outras ciências: observação, experimentação, comparação. Para Comte, só o conhecimento das leis da natureza ou da sociedade permitiria ao homem intervir, para evitar ou provocar certos fenômenos.

• Proudhon (1809-1865) — pensador e político francês, anarquista e ateu, foi um ferrenho inimigo da sociedade burguesa. Propunha a construção de uma sociedade livre e absolutamente igualitária.

• Charles Darwin (1809-1882) — naturalista inglês que revolucionou o mundo com sua teoria sobre a evolução das espécies. Na base dessa teoria está a luta pela vida: em cada espécie animal existe uma permanente concorrência entre os indivíduos, e somente os mais fortes e aptos conseguem sobreviver. Para Darwin, a própria natureza se incumbe de realizar essa seleção natural, que é o

6

principal fator de evolução dos seres vivos. As ideias de Darwin provocaram enorme impacto, tendo sido violentamente combatidas pelos que acreditavam na criação do mundo por intervenção divina.

• Claude Bernard (1813-1878) — médico francês que se dedicou a pesquisas fisiológicas, fazendo importantes descobertas. Ajudou a dar bases científicas à Medicina, fundamentando suas conclusões na observação e na investigação dos fenômenos biológicos.

• Karl Marx (1818-1883) — pensador alemão que elaborou uma teoria política que explica a história humana como a história das lutas de classes. Marx predizia o fim do capitalismo como decorrência de suas contradições internas, que culminariam na revolução do proletariado, que então assumiria o poder.

• Friedrich Engels (1820-1895) — socialista alemão, grande colaborador de Marx, com quem redigiu algumas obras importantes. Em seu livro *A situação das classes trabalhadoras na Inglaterra*, de 1845, denuncia a cruel exploração do operariado na fase inicial do capitalismo.

• Joseph-Ernest Renan (1823-1892) — historiador francês, racionalista e anticlerical, manifestou a confiança na ciência como libertadora do gênero humano. Escreveu *História das origens do cristianismo*, cujo primeiro volume é *Vida de Jesus*, um livro que provocou muita polêmica por humanizar a figura de Cristo.

O NATURALISMO

Nas obras de alguns escritores realistas podemos distinguir certas características que definem uma tendência chamada Naturalismo.

O Naturalismo enfatiza o aspecto materialista da existência humana. Para os escritores naturalistas, influenciados pelas teorias das ciências experimentais da época, o homem era um simples produto biológico cujo comportamento resultava da pressão do ambiente social e da hereditariedade psicofisiológica. Nesse sentido, dadas certas circunstâncias, o homem teria sempre as mesmas reações, instintivas e incontroláveis. Caberia ao escritor, portanto, armar em sua obra uma certa situação experimental e agir como um cientista em seu laboratório, descrevendo as reações sem nenhuma interferência de ordem pessoal ou moral.

Eis como o escritor francês Émile Zola (1840-1902), um dos principais nomes do Naturalismo, descreve o trabalho do romancista: "O observador apresenta os fatos tais como os observa, assenta o ponto de partida e estabelece o terreno sólido sobre o qual vão mover-se as personagens e desenvolver-se os fenômenos. Então, aparece o experimentador e institui a experiência, quero dizer, faz com que as personagens se movimentem numa história particular para nela mostrar que a sucessão dos fatos será tal como o exige o determinismo dos fenômenos que se põem em estudo".

O Realismo em Portugal: 1865-1890

Quando o Realismo chega a Portugal, o Romantismo já se esgotava como forma de expressão artística. Antônio Feliciano de Castilho, escritor medíocre, dominava a vida cultural portuguesa, determinando os valores e o gosto literário.

Mas na cidade de Coimbra surge uma geração, liderada por Antero de Quental (1842-1891), que procura agitar o acanhado meio social português. Influenciada pelas ideias de Comte, Taine, Renan e Proudhon, essa geração se insurge contra o Romantismo agonizante e, sobretudo, contra a figura de Castilho, que representa o passado, o mau gosto romântico.

Em 1864, Teófilo Braga (1843-1924) publica dois volumes de versos, *Visão dos tempos* e *Tempestades sonoras*. Em 1864, Antero de Quental publica o livro de poemas *Odes modernas*. Foi o bastante para provocar o despeito de Castilho. No posfácio de *Poemas da mocidade*, de Pinheiro Chagas, Castilho aproveita para atacar Antero e a nova geração de Coimbra.

A Questão Coimbrã e as Conferências do Cassino

Começa aí a Questão Coimbrã, isto é, a polêmica entre os românticos liderados por Castilho e a geração de Coimbra, formada por Antero e os realistas. Insultado por Castilho, Antero reage violentamente, escrevendo *Bom senso e bom gosto*. Nesse panfleto, ele não só aponta a tirania de Castilho, como também defende os valores de sua época. A partir daí, a polêmica se estende em várias direções, até que se reconheça a vitória incontestável dos realistas.

Levando adiante o intuito de agitar o acanhado meio cultural português, essa nova geração planeja uma série de conferências públicas para debater os problemas fundamentais do país. As conferências têm lugar no Cassino Lisbonense e, logo de início, causam escândalo. Como consequência, em 26 de junho de 1871 elas são suspensas pelo presidente do Conselho de Ministros, que acusa os conferencistas de divulgarem ideias subversivas ao regime.

Apesar disso, o Realismo acaba por vencer e se instaura de vez em Portugal, atraindo um número muito grande de adeptos. Em 1875, Eça de Queirós publica *O crime do padre Amaro*, que constitui o grande marco do movimento em terras portuguesas.

Principais autores portugueses

No Realismo português destacam-se Antero de Quental, que escreveu poesia de cunho filosófico; Guerra Junqueiro, autor de poesia revolucionária; e Cesário Verde, autor de poesia do cotidiano.

A prosa é dominada pela figura de Eça de Queirós. No Naturalismo, destaca-se o romancista e contista Abel Botelho.

Obras realistas mais importantes

1865 *Odes modernas*, poesia (Antero de Quental)
1875 *O crime do padre Amaro*, romance (Eça de Queirós)
1878 *O primo Basílio*, romance (Eça de Queirós)
1885 *A velhice do Padre Eterno*, poesia (Guerra Junqueiro)
1886 *Sonetos completos*, poesia (Antero de Quental)
1887 *O livro de Cesário Verde*, poesia (Cesário Verde)
1888 *Os Maias*, romance (Eça de Queirós)
1900 *A ilustre Casa de Ramires*, romance (Eça de Queirós)

Quadro cronológico dos movimentos literários em Portugal

1198	Trovadorismo
1434	Humanismo
1527	Classicismo
1580	Barroco
1756	Arcadismo
1825	Romantismo
1865	Realismo/Naturalismo
1890	Simbolismo
1915	Modernismo

Referências

1198	Data provável da mais antiga composição literária portuguesa: uma cantiga de amor escrita pelo trovador Paio Soares de Taveirós, denominada *Cantiga da Ribeirinha* ou *Cantiga de guarvaia*.
1434	Fernão Lopes é nomeado cronista-mor do reino, iniciando sua produção historiográfica.
1527	Sá de Miranda regressa a Portugal, trazendo da Itália as novas tendências literárias colocadas em voga pelo Classicismo.
1580	Morte de Camões, a maior figura do Classicismo português; fim da independência política de Portugal, que ficará sob o domínio espanhol até 1640.
1756	Fundação da Arcádia Lusitana.
1825	Publicação do poema *Camões*, escrito por Almeida Garrett.
1865	Ocorrência da polêmica Questão Coimbrã, que marca o surgimento da geração realista.
1890	Publicação do livro *Oaristos*, de Eugênio de Castro.
1915	Lançamento da revista *Orpheu*.

EÇA DE QUEIRÓS

Fatos biográficos

1845	Em 25 de novembro, nasce, em Póvoa de Varzim, José Maria Eça de Queirós.
1861-1866	Cursa a Faculdade de Direito da Universidade de Coimbra.
1867	Dirige, na cidade de Évora, o jornal de oposição *Distrito de Évora*. Em julho volta a Lisboa e colabora na *Gazeta de Portugal*.
1869	Assiste à inauguração do canal de Suez, no Egito.
1871	Profere a conferência "O Realismo como nova expressão de arte", realizada no Cassino Lisbonense.
1872	É nomeado cônsul em Havana.
1874	Transfere-se para o consulado de Newcastle-on-Tyne, na Inglaterra.
1878	É transferido para o consulado de Bristol, também na Inglaterra.
1885	Visita, em Paris, o escritor naturalista Émile Zola.
1886	Casa-se com Emília de Castro Pamplona Resende.
1888	É nomeado cônsul em Paris.
1900	Em 16 de agosto, Eça de Queirós falece em Paris.

10

Obras

Eça de Queirós escreveu uma vasta obra que inclui relatos de viagem, artigos de jornal, memória, ensaios etc. Mas foi como romancista e contista que se destacou como o maior prosador português do século XIX. Além de um volume de contos, publicado em 1902, deixou inúmeros romances, alguns publicados postumamente: *O mistério da estrada de Sintra* (1871, em colaboração com Ramalho Ortigão), *O crime do padre Amaro* (1876), *O primo Basílio* (1878), *O mandarim* (1879), *A relíquia* (1887), *Os Maias* (1888), *A ilustre Casa de Ramires* (1900), *A correspondência de Fradique Mendes* (1900), *A cidade e as serras* (1901), *A capital* (1925), *O conde d'Abranhos* (1925), *Alves & Cia.* (1925), *A tragédia da Rua das Flores* (1980).

Civilização e outros contos

Eça de Queirós deixou apenas uma coletânea de contos, publicada postumamente, em 1902. Alguns outros contos, junto com artigos e folhetins, foram também publicados postumamente, em 1903, num volume intitulado *Prosas Bárbaras*. Desse livro, que reúne textos da fase inicial da carreira literária de Eça de Queirós, selecionamos apenas o conto "Entre a neve". Os demais foram extraídos da coletânea de 1902.

Os contos selecionados apresentam grande variedade temática, ilustrando as diversas preocupações de Eça de Queirós ao longo de sua vida literária.

Assim, temos o conto de inspiração medieval "O tesouro", no qual não falta o gosto pelo desenlace trágico; o conto de inspiração realista/naturalista "No moinho"; o conto "Suave milagre", que é quase um poema em prosa; e o conto "Entre a neve", em que a natureza, personificada, aprisiona e destrói o homem. O conto "Civilização", com toques satíricos, tematiza a oposição vida urbana/vida rural, enquanto "Singularidades de uma rapariga loura" e "José Matias" trazem uma fina análise psicológica e social.

Se, como afirmam os críticos, os contos não constituem a parte mais importante da obra de Eça de Queirós, pois é como romancista que ele tem seu lugar de destaque na literatura portuguesa, nem por isso deixam de oferecer interesse aos leitores, podendo servir como uma espécie de introdução ao rico universo ficcional do mais importante prosador português do século XIX.

11

Painel Fotográfico

Portugal na época de Eça de Queirós

1. Eça de Queirós, o mais importante escritor realista português.

2. Rua do Chiado, na zona central de Lisboa, em 1850. Sua movimentada vida social e seus hotéis, restaurantes, clubes, cassinos e teatros são frequentemente citados nas obras de Eça de Queirós.

3. Passeio público de Lisboa, no século XIX. Local muito freqüentado pela população lisboeta, foi palco de várias cenas criadas por Eça de Queirós.

4. Teatro de São Carlos, em Lisboa, inaugurado em 1793. Na época de Eça de Queirós, era o teatro preferido da alta burguesia.

5. A Praça do Rossio, no coração de Lisboa, no começo do século XX. Ao fundo, vê-se o Teatro D. Maria, de 1846, e, no centro, o monumento a D. Pedro IV, construído em 1870.

6. Largo da Palmeira, no bairro de Alfama, um dos pontos mais antigos de Lisboa.

Sumário

Entre a neve 17

Singularidades de uma rapariga loura 23

No moinho 42

Civilização 50

José Matias 68

O suave milagre 84

O tesouro 90

ENTRE A NEVE

O lenhador, pela madrugada, ergueu-se da enxerga e acendeu a candeia.

Junto da lareira, engelhado de frio, cavado de magreza, dormia um rapaz enrodilhado nos farrapos de uma manta. O pobre lenhador desfalecia de febre; até ao anoitecer da véspera andara pelo negro mato, e depois nem teve um magro caldo junto das sonolências da lareira.

Iam grandes neves pelos montes, e o triste tinha filhos pequenos, que à noite, quando rezavam, todos arrepiados e magros, em redor da mãe, sufocavam no choro da fome: por isso, àquelas horas, por entre os nevoeiros moles, ele ia pelos montes, pelas colinas, pelos pinheirais, rachar, cortar e desramar, a ásperos ventos, na grande neve silenciosa.

O rapaz dormia com os pés inteiriçados e todos brancos da lama seca; tinha os grandes cabelos espalhados, e branco tinha o peito. A um canto, sobre esteiras bolorentas, cobertas com o saiote da mãe, as duas crianças dormiam com os cotovelos arroxeados — dissolvidas no sono do frio e da fome. O lenhador tirou a jaleca que levava para os montes, embrulhou-lhe os pés regelados, e com a candeia foi debruçar-se sobre a enxerga onde dormia a mulher: ela tinha o corpo colado ao fraco calor da enxerga como a um seio amado, os braços caídos e frouxos como os de uma mulher estéril; os seus cabelos negros espalhavam-se tristemente pela enxerga como um luto; e a manta esburacada modelava a forma casta e fecunda dos seus peitos.

Então o lenhador tomou o machado negro e o feixe rijo das cordas, cobriu-se com o capuz de saragoça e foi-se lento, esfomeado e esquelético, pelos grandes caminhos duros, lívidos e cobertos de neve.

O seu casebre ficava perdido ao pé dos montes, longe dos povoados, entre umas poucas de árvores que erguiam para o ar os seus braços negros, descarnados, nus e suplicantes.

Ali vivia aquela família transida dos frios, emagrecida das fomes, diante da neve e dos Invernos, com os peitos cheios da religião do Sol, das searas e das fecundidades sonoras e alumiadas — como coisas flamejantes e divinas, que estão tão longe como Deus, inacessíveis, na poeira da luz, entre os paraísos. O pai ia todos os dias para os grandes montes lidar entre a ramaria: a mulher, em casa, cosia os farrapos ao pé da lareira sem lume, e ao anoitecer, ia para junto da porta desconjuntada dos ventos, gretada dos frios, ver se, pelos atalhos enevoados, via chegar o marido, lento, curvado sob os grandes feixes de lenha.

O lenhador caminhava para as bandas dos montes.

A neve caía, levemente. A alma aconchegava-se dentro do corpo — como num vestido santo, amedrontada pela dureza sobrenatural das coisas. Porque toda aquela natureza tinha estranhas barbaridades.

A manhã vinha escura, lenta e lacrimosa, como uma viúva à hora dos enterros: e à pouca luz tênue, os pedaços de gelo, pendurados dos cardos e das urzes, tinham o aspecto de farrapos de mortalhas: sobre as árvores imóveis, os pássaros, quietos e mudos, eriçavam as plumagens aos ventos cortantes.

O lenhador caminhava sempre, rasgando-se nas silvas, orvalhado dos pingos das árvores, pálido e sereno.

Ia lento. Pensava nos lavradores, que àquelas horas, nas terras quentes, saem, assobiando sob a noite religiosa e alumiada, entre as ervas altas, ao resplandecimento fecundo dos orvalhos, guiando pelos sulcos, enquanto as andorinhas gritam alegres e gloriosas, os bois fortes, lentos e bons. Ele tinha a mulher e os filhos esfomeados no casebre; desfazia-se em suores e em cansaços, e nem sempre aquelas faces amadas se enchiam das cores da vida. Era o frio, era a fome; nem uma manta nova, nem uma pouca de lã! O bom Deus, lá em cima, parece que está tão bem agasalhado ao calor dos seus paraísos e das suas estrelas, que se não lembra da pobre gente dos campos e dos montes que se arrepia de frio. E havia gente que via sempre os filhos bem quentes e bem corados!

Assim pensava o triste, caminhando, pesado, molhado e todo cheio de coisas dolorosas e mórbidas. A neve vinha descendo como um imenso desprendimento de lãs.

E ele pensava que podia ser um abastado dos campos, e ver à noite, em volta da sua lareira flamejante e serena, toda a multidão dura dos ceifadores e dos semeadores, entre os bons risos, em redor da grande tigela de caldo, ao estalido das castanhas, na atitude dos bons e dos simples.

A neve ia caindo direita e vaga; e ouvia-se o rumor — indefinido como de um mar, laborioso como de uma colmeia — das multidões doentias dos pinheiros.

O pobre lenhador olhava em redor as grandes neves extensas, enoveladas nas pedras, esfarrapadas pelos cardos; e às vezes um corvo, passando silencioso e noturno, vinha bater o ar em redor dele com uma selvagem palpitação de asas.

Começava a espalhar-se o dia. Ele sentia-se só entre aquela natureza inimiga e bárbara; e por vezes o braço, enfraquecido da febre, vergava sob o machado e as cordas úmidas.

Ele ia entrando pelo pinheiral, indolente. O pinheiral era cerrado, e a noite continuava ainda no encruzamento das ramagens lívidas. A neve, que caía sobre os ramos, desfazia-se em orvalhos ao calor da seiva.

As árvores estavam como tomadas de um susto religioso.

Quando saiu do pinheiral, em caminho para os montes, lembrou-lhe quando ia para as escamisadas numa aldeia do Sul, e sob a luz apaixonada e melódica das constelações, cantava à viola junto duma doce rapariga de testa santa e de cabelos cor de amora; e ele, o perdido, amolecia o olhar a passeá-lo, pela abertura do lenço, sobre a brancura do colo dela!

Hoje, àquelas horas, pensava ele, aquela pobre mulher gemia na sua alma, vendo os filhos, sem um bocado de pão, andarem pelo casebre úmido, rotos, dependurando-se-lhe das saias, gemendo: *mãe!* E os olhos do desgraçado tremiam-lhe nas águas do choro.

O lenhador apertou o machado e entrou na floresta.

Os velhos carvalhos violentos e proféticos, os choupos desfalecidos, os castanheiros ruidosos, os olmos gigantescos, as ramagens e os silvados eriçados onde o

CIVILIZAÇÃO E OUTROS CONTOS

vento brada aflito, todas aquelas verduras vivas e sãs que cantam ao sol, no empoeiramento da luz crua — toda aquela sombria Diana[1] esguedelhada, que se chama a floresta, dormia sob as opressões da neve, triste, silenciosa, estoica e soberba.

O lenhador, com o machado erguido, ia por entre a floresta; ele conhecia aquelas estranhas atitudes, aqueles escarpamentos de neve, as faces pensadoras dos rochedos, todo o emaranhamento de ramos, de folhas, donde caem gotas como um eco de chuvas passadas: e todavia, ao endireitar-se contra um velho carvalho, empalideceu, como diante de uma profanação.

O seu coração simples e bom não compreendia, mas sentia aquelas vidas imóveis, silenciosas e sonoras, que são árvores, ramagens, arbustos, florescências; ele tinha compaixão dos gemidos dos troncos, das cascas esmigalhadas, das fibras dilaceradas, e sentia que sacrificava ali, à fome dos filhos, vidas infinitas de árvores.

O lenhador atirou o machado contra o tronco do carvalho — e toda a árvore imensa ficou tomada de vibrações dolorosas: e as suas ramagens estenderam-se caídas, sem vida e sem força, pelo tronco, como para se verem morrer sem gemidos, num silêncio soberbo e selvagem.

O Sol veio lívido, mole, desfalecido, sem força, sem vitalidade, sem ascensão flamejante e sagrada, entre névoas arrastadas, entre esvaecimentos lúgubres de nuvens. Começavam a esvoaçar os pássaros, piando tristemente.

E o lenhador, com o peito arqueado, os cabelos desmanchados, vermelho, feroz, com o machado erguido nas mãos, com trágicos encarniçamentos, lutava contra os troncos, contra os ramos, contra as raízes, contra as duras cortiças e os filamentos tenazes; e enchia o chão de ramagens negras, de braços mortos de árvores, caídas e inertes como armaduras vencidas.

Aquelas árvores que tanto tempo levaram a formar-se, e a enrijar, e a acostumar-se aos ventos tumultuosos, e a saber agarrar as clinas da chuva, e a enlaçar as moles nudezas das névoas e dos vapores, aquelas árvores cheias das mordeduras de Novembro, cheias de legenda e do cheiro das tormentas, encolhiam os ramos num estremecimento medroso, quando o machado reluzia lugubremente no ar.

Ele tinha a camisa solta e esfarrapada: os socos faziam covas na neve: e, esfomeado, terrível, ia a grandes passos pela floresta, rasgando os silvados, esmigalhando as raízes, envolto em estilhas, em fibras partidas, com gestos trágicos, afastando com o machado o voo dos corvos; e, todo cheio do amor dos filhos, torturava as árvores, com golpes flamejantes, gritando-lhes: *covardes!*

Assim lidou sob a neve, e o vento, e a chuva, e a umidade, e as névoas, e a febre, e a dor, até ao anoitecer[2].

---

1 *Diana*, na mitologia romana, era a deusa das florestas. Observe nessa passagem o uso de adjetivos que personificam a floresta, atribuindo-lhe características humanas. Essa personificação da natureza pode ser percebida em várias outras passagens do conto.

2 Observe o efeito intensificador que a repetição do "e" provoca nessa passagem.

Tinha já um monte de ramagens e de lenhas; enfeixou-as nas cordas, duras como os seus braços; encravou no meio o machado: o feixe enorme estava encostado a um monte de neve; as duas pontas da corda por onde ele o havia de erguer pendiam negras e úmidas; então curvou-se todo para tomar o feixe sobre as costas largas; mas, quando o ia a erguer, lento e cansado, sentiu os músculos afrouxarem, as mãos esfriarem, subiu-lhe um desfalecimento, e caiu, com os cabelos suados e colados à testa; e os seus dedos inteiriçados esburacaram a neve.

Assim esteve perdido na moleza do esvaecimento, até que abriu os olhos vagarosos, e ficou-se encostado ao feixe, silencioso e cheio de tremuras.

Vinha-se derramando a noite, desciam as neblinas; todo o ar estava tomado de uma palidez opaca e severa; caía uma chuva vaporizada; todo o chão estava pesado de neve.

Ao pé do lenhador estava estendido um grande tronco engelhado, morto, sem raízes, sem ramagem, sem seiva; por um lado começava a desfazê-lo a podridão.

Em redor erguiam-se as multidões de árvores cobertas de neve, adelgaçadas entre as transparências do nevoeiro, tristes e noturnas como monges brancos.

Ao fundo abria-se uma clareira, que deixava ver ao longe a grande luz, que se ia, serena e tímida.

O lenhador, com o pescoço nu, o peito dolorido e ensopado, agarrou as cordas do feixe e, enrijando os músculos, com a face congestionada, as fontes inchadas, as grandes veias saídas como cordagens, e as pernas hirtas, violentou o corpo para se erguer. Mas caiu sobre a neve, amolecido, sufocado, e coberto das friezas úmidas da febre.

Então ficou-se a olhar o tronco esfolhado, nu, coberto de neve, e a pensar que o seu corpo ia ali finar-se e dissipar-se entre as podridões dos troncos.

E toda a sua carne foi tomada por uma vibração terrível. Tinham-lhe lembrado os filhos e a mulher, e o pobre pastor que lhe sacudia, quando ele entrava, a neve dos cabelos e as silvas da jaleca.

A neve caía triste. Àquelas horas ela esperava, junto da porta, a ver se o via ao longe chegar, curvado debaixo dos seus feixes, pelos caminhos brancos de neve.

Ela estaria com uma mão apoiada à ombreira, e com a outra agasalhando as crianças nas dobras da saia, contra os frios da noite.

E ele estava ali só, esmagado, sob a neve implacável!

E quando o não vissem vir!? E ele procurava na memória se já alguma vez teria ficado de noite pelos montes. Nunca.

Se o não vissem chegar, iriam todos, chorando e bradando, com a candeia acobertada do vento, procurá-lo pelas urzes sinistras.

Às vezes tomava-o o desvairamento, e via grandes figuras de sombra subirem pelos troncos, como um fumo terrível; e sempre aquele enovelamento de semelhanças humanas subia, até se perder nas transparências lívidas do ar.

A neve caía como escorrida das nuvens.

E ele pensava, triste, que a mulher e os filhos saberiam a sua morte na neve, sob o encruzamento irado das folhagens, e todas as mordeduras da ventania, silencioso e solitário como um lobo!

CIVILIZAÇÃO E OUTROS CONTOS   21

Então aquele corpo, pisado, roxo, tiritando entre as roupas molhadas, dissolvido nas molezas da névoa, inteiriçou-se; com os olhos flamejantes, os dentes irados, tomado de risos, esfarrapado dos cardos, endireitou-se, e, sufocado, esguedelhado, hirto, lívido, deu um grito na noite.

Houve um levantamento assustado de pássaros por toda a ramagem escura. E veio um vento e levou, nas suas espirais violentas, um enovelamento de folhas. E toda a luz do dia se sumiu na clareira. Não havia ninguém pelo monte. Estava só. Só! Nem pastores, nem vaqueiros, nem caminheiros perdidos. Só! E iam-se os pássaros, iam-se as folhas, ia-se a luz. Ele ficava só.

Então, vendo em redor a floresta solitária e negra, a amontoação crescente das sombras, o esvaecimento lívido dos últimos ramos, as atitudes tenebrosas, as corcovas noturnas das raízes, sentindo ao longe o uivo dos lobos e por cima da cabeça o esvoaçar dos corvos, estirou-se de bruços e bradou, na noite, sob a neve e o ruído dos ramos:

— Jesus!

E toda a floresta ficou silenciosa, indiferente, soberba; os corvos voaram gritando; ele caiu, fraco, desalentado, roto, agonizante, macerado; e de cima o grande Céu, o Céu justo, o Céu sereno, o Céu sagrado, o Céu consolador cuspia neve sobre aquela carne miserável.

E ficou inerte. A neve caía desfeita e branca. Estava estirado... Via por cima a grande imobilidade da floresta, os nevoeiros, que deixavam cair farrapos que lhe vinham roçar o rosto, e a sombra espectral do feixe de lenha.

Ele sentia o corpo entorpecido pelo frio, e na testa e nos olhos abrasamentos mordentes; e parecia-lhe que lhe mordia as costas uma chaga imensa, que tivesse horríveis ardores ao contato da neve, sob o peso do corpo.

Às vezes soluçava. E, quando assim estava, viu grandes sombras que lhe esvoaçavam sobre a cabeça e fugiam bradando aflitas, com um terrível ruído de asas, esbranquiçadas da neve, apavoradas e ferozes.

Eram os corvos. Tremeu todo. Ele entrevia-os já, quando eles viessem pousar-lhe sobre o peito, e curvados, batendo as asas, meio suspensos, enterrar-lhe os bicos negros na pobre carne.

Então moveu dolorosamente o braço entorpecido e apalpou em redor; encontrou um ramo solto, negro, espinhoso; lançou-o contra as sombras negras dos corvos; mas ele tinha a mão quase inanimada pelo frio, e o ramo, debilmente arremessado, veio-lhe cair sobre a face, e rasgou-lhe a carne com os espinhos. Já, porém, as mãos inertes não tiveram força para o tirar.

E pôs-se a chorar. Os corvos voavam terríveis; ele enterrava o pé na neve e atirava-a para o ar, como para os apedrejar. Os corvos desciam.

A neve caía e já lhe cobria as pernas hirtas. Ele então, vendo a floresta que o ensopava de água, o chão que lhe coalhava a vida, o vento que o transia, a neve que o enterrava, os corvos que vinham comê-lo, todas as hostilidades selvagens das coisas, encheu-se de cóleras, e, silencioso, feroz, com os olhos luzentes na noite, deitou rijamente a cabeça sobre o feixe — e pôs-se a morrer.

Então veio repentinamente um vento tumultuoso; e pareceu ao pobre lenhador sentir, naquele vento, o som de um choro e uma voz bradando aflita.

O vento redobrou de fúria; dispersou os corvos; eles balançavam-se nas asas entre os redemoinhos do sopro feroz.

A neve caía; e os braços do lenhador já estavam cobertos, e todo o peito estava coberto. Os corvos fugiam; e todo o bando aparecia como uma sombra indecisa e pesada.

A neve caía. E estava coberta a garganta do homem, e estava coberta a boca.

Os corvos iam-se sumindo nas transparências da noite...

A neve caía, contínua, silenciosa. A testa do pobre estava coberta, e apenas se moviam ainda, lentamente, ao vento, os seus grandes cabelos escuros.

A neve riscava a noite de branco. Ao longe uivavam os lobos.

E a neve descia. As sombras dos corvos sumiram-se para além das ramas negras. Os cabelos desapareceram. Só ficou a neve!

Singularidades de uma Rapariga Loura

I

Começou por me dizer que o seu caso era simples — e que se chamava Macário...
Devo contar que conheci este homem numa estalagem do Minho[1]. Era alto e
grosso; tinha uma calva larga, luzidia e lisa, com repas brancas que se lhe eriçavam em
redor; e os seus olhos pretos, com a pele em roda engelhada e amarelada, e olheiras
papudas, tinham uma singular clareza e retidão — por trás dos seus óculos redondos
com aros de tartaruga. Tinha a barba rapada, o queixo saliente e resoluto. Trazia uma
gravata de cetim negro apertada por trás com uma fivela; um casaco comprido cor de
pinhão, com as mangas estreitas e justas e canhões[2] de veludilho. E pela longa abertura
do seu colete de seda, onde reluzia um grilhão antigo, saíam as pregas moles duma
camisa bordada.

Era isto em Setembro: já as noites vinham mais cedo, com uma friagem fina e seca
e uma escuridão aparatosa. Eu tinha descido da diligência, fatigado, esfomeado, tiritando
num cobrejão de listas escarlates.

Vinha de atravessar a serra e os seus aspectos pardos e desertos. Eram oito
horas da noite. Os céus estavam pesados e sujos. E, ou fosse um certo adormecimento
cerebral produzido pelo rolar monótono da diligência, ou fosse a debilidade nervosa
da fadiga, ou a influência da paisagem escarpada e árida, sobre o côncavo silêncio
noturno ou a opressão da eletricidade, que enchia as alturas — o fato é que eu — que
sou naturalmente positivo e realista — tinha vindo tiranizado pela imaginação e pelas
quimeras. Existe, no fundo de cada um de nós, é certo — tão friamente educados que
sejamos —, um resto de misticismo; e basta às vezes uma paisagem soturna, o velho
muro dum cemitério, um ermo ascético, as emolientes brancuras dum luar, para que
esse fundo místico suba, se alargue como um nevoeiro, encha a alma, a sensação e a
ideia, e fique assim o mais matemático ou o mais crítico — tão triste, tão visionário,
tão idealista —, como um velho monge poeta. A mim, o que me lançara na quimera e
no sonho fora o aspecto do mosteiro de Rastelo, que eu tinha visto, à claridade suave
e outonal da tarde, na sua doce colina. Então, enquanto anoitecia, a diligência rolava
continuamente ao trote esgalgado dos seus magros cavalos brancos, e o cocheiro,
com o capuz do gabão enterrado na cabeça, ruminava o seu cachimbo — eu pus-me,
elegiacamente, ridiculamente, a considerar a esterilidade da vida: e desejava ser um
monge, estar num convento, tranquilo, entre arvoredos ou na murmurosa concavidade
dum vale, e enquanto a água da cerca canta sonoramente nas bacias de pedra, ler a

---

1 *Minho:* região do norte de Portugal.
2 *Canhões:* extremidades, reviradas ou não, de mangas de veste.

Imitação[3] e, ouvindo os rouxinóis nos loureirais, ter saudades do Céu. — Não se pode ser mais estúpido[4]. Mas eu estava assim, e atribuo a esta disposição visionária a falta de espírito — a sensação — que me fez a história daquele homem dos canhões de veludilho.

A minha curiosidade começou à ceia, quando eu desfazia o peito duma galinha afogada em arroz branco, com fatias escarlates de paio — e a criada, uma gorda e cheia de sardas, fazia espumar o vinho verde no copo, fazendo-o cair do alto de uma caneca vidrada. O homem estava defronte de mim, comendo tranquilamente a sua geleia; perguntei-lhe, com a boca cheia, o meu guardanapo de linho de Guimarães suspenso nos dedos — se ele era de Vila Real.

— Vivo lá. Há muitos anos — disse-me ele.

— Terra de mulheres bonitas, segundo me consta — disse eu.

O homem calou-se.

— Hem? — tornei.

O homem contraiu-se num silêncio saliente. Até aí estivera alegre, rindo dilatadamente; loquaz e cheio de bonomia. Mas então imobilizou o seu sorriso fino.

Compreendi que tinha tocado a carne viva de uma lembrança. Havia decerto no destino daquele velho uma *mulher*. Aí estava o seu melodrama ou a sua farsa, porque inconscientemente estabeleci-me na ideia de que o *fato*, o *caso* daquele homem, devia ser grotesco e exalar escárnio.

De sorte que lhe disse:

— A mim têm-me afirmado que as mulheres de Vila Real são as mais bonitas do Norte. Para olhos pretos Guimarães, para corpos Santo Aleixo, para tranças os Arcos: é lá que se veem os cabelos claros cor de trigo.

O homem estava calado, comendo, com os olhos baixos.

— Para cinturas finas Viana, para boas peles Amarante — e para isto tudo Vila Real. Eu tenho um amigo que veio casar a Vila Real. Talvez conheça. O Peixoto, um alto, de barba loura, bacharel.

— O Peixoto, sim — disse-me ele, olhando gravemente para mim.

— Veio casar a Vila Real como antigamente se ia casar à Andaluzia — questão de arranjar a fina flor da perfeição. — À sua saúde.

Eu evidentemente constrangia-o, porque se ergueu, foi à janela com um passo pesado, e reparei então nos seus grossos sapatos de casimira, com sola forte e atilhos de couro. E saiu.

Quando pedi o meu castiçal, a criada trouxe-me um candeeiro de latão lustroso e antigo e disse:

— O senhor está com outro. É no nº 3.

---

3 *Imitação: Imitação de Cristo*, obra religiosa do século XV atribuída ao escritor místico alemão Tomás de Kempis (1379-1471).

4 Observe que esse comentário vem logo depois de uma descrição tipicamente romântica da natureza e da vida. Esse conto é de 1874, quando o autor começa seus ataques mais ferinos ao Romantismo.

CIVILIZAÇÃO E OUTROS CONTOS   25

Nas estalagens do Minho, às vezes, cada quarto é um dormitório impertinente.

— Vá — disse eu.

O nº 3 era no fundo do corredor. Às portas dos lados os hóspedes tinham posto o seu calçado para engraxar: estavam umas grossas botas de montar, enlameadas, com esporas de correia; os sapatos brancos dum caçador; botas de proprietário, de altos canos vermelhos; as botas dum padre, altas, com a sua borla de retrós; os botins cambados, de bezerro, de um estudante; e a uma das portas, o nº 15, havia umas botinas de mulher, de duraque, pequeninas e finas, e ao lado as pequeninas botas duma criança, todas coçadas e batidas, e os seus canos de pelica-mor caíam-lhe para os lados com os atacadores desatados. Todos dormiam. Defronte do nº 3 estavam os sapatos de casimira com atilhos: e quando abri a porta vi o homem dos canhões de veludilho, que amarrava na cabeça um lenço de seda: estava com uma jaqueta curta de ramagens, uma meia de lã, grossa e alta, os pés metidos nuns chinelos de ourelo.

— O senhor não repare — disse ele.

— À vontade — e para estabelecer intimidade tirei o casaco.

Não direi os motivos por que ele daí a pouco, já deitado, me disse a sua história. Há um provérbio eslavo da Galícia que diz: "O que não contas à tua mulher, o que não contas ao teu amigo, conta-lo a um estranho, na estalagem". Mas ele teve raivas inesperadas e dominantes para a sua larga e sentida confidência. Foi a respeito do meu amigo, do Peixoto, que fora casar a Vila Real. Vi-o chorar, àquele velho de quase sessenta anos. Talvez a história seja julgada trivial: a mim, que nessa noite estava nervoso e sensível, pareceu-me terrível — mas conto-a apenas como um acidente singular da vida amorosa...

Começou pois por me dizer que o seu caso era simples — e que se chamava Macário.

Perguntei-lhe então se era duma família que eu conhecera, que tinha o apelido[5] de *Macário*. E como ele me respondeu que era primo desses, eu tive logo do seu caráter uma ideia simpática, porque os Macários eram uma antiga família, quase uma dinastia de comerciantes, que mantinham com uma severidade religiosa a sua velha tradição de honra e de escrúpulo. Macário disse-me que nesse tempo, em 1823 ou 33, na sua mocidade, seu tio Francisco tinha, em Lisboa, um armazém de panos, e ele era um dos caixeiros. Depois o tio compenetrara-se de certos instintos inteligentes e do talento prático e aritmético de Macário, e deu-lhe a escrituração. Macário tornou-se o seu *guarda-livros*.

Disse-me ele que sendo naturalmente linfático[6] e mesmo tímido, a sua vida tinha nesse tempo uma grande concentração. Um trabalho escrupuloso e fiel, algumas raras merendas no campo, um apuro saliente de fato[7] e de roupas brancas, era todo o interesse da sua vida. A existência, nesse tempo, era caseira e apertada. Uma grande simplicidade social aclarava os costumes: os espíritos eram mais ingênuos, os sentimentos menos complicados.

---

5 *Apelido*: sobrenome
6 *Linfático*: sem energia, sem vigor.
7 *Fato*: vestuário.

26 EÇA DE QUEIRÓS

Jantar alegremente numa horta, debaixo das parreiras, vendo correr a água das regas — chorar com os melodramas que rugiam entre os bastidores do Salitre, alumiados a cera, eram contentamentos que bastavam à burguesia cautelosa. Além disso, os tempos eram confusos e revolucionários: e nada torna o homem recolhido, conchegado à lareira, simples e facilmente feliz — como a guerra. É a paz que, dando os vagares da imaginação — causa as impaciências do desejo.

Macário, aos vinte e dois anos, ainda não tinha — como lhe dizia uma velha tia, que fora querida do desembargador Curvo Semedo, da Arcádia — *sentido Vênus*[8].

Mas por esse tempo veio morar para defronte do armazém dos Macários, para um terceiro andar, uma mulher de quarenta anos, vestida de luto, uma pele branca e baça, o busto bem-feito e redondo e um aspecto desejável. Macário tinha a sua carteira no primeiro andar, por cima do armazém, ao pé duma varanda, e dali viu uma manhã aquela mulher com o cabelo preto solto e anelado, um chambre branco e braços nus, chegar-se a uma pequena janela de peitoril, a sacudir um vestido. Macário afirmou-se e, sem mais intenção, dizia mentalmente que aquela mulher, aos vinte anos, devia ter sido uma pessoa cativante e cheia de domínio: porque os seus cabelos violentos e ásperos, o sobrolho espesso, o lábio forte, o perfil aquilino e firme revelavam um temperamento ativo e imaginações apaixonadas. No entanto, continuou serenamente alinhando as suas cifras. Mas à noite estava sentado fumando à janela do seu quarto, que abria sobre o pátio: era em Julho e a atmosfera estava elétrica e amorosa: a rabeca dum vizinho gemia uma *xácara* mourisca, que então sensibilizava, e era dum melodrama; o quarto estava numa penumbra doce e cheia de mistério — e Macário, que estava em chinelas, começou a lembrar-se daqueles cabelos negros e fortes e daqueles braços que tinham a cor dos mármores pálidos: espreguiçou-se, rolou morbidamente a cabeça pelas costas da cadeira de vime, como os gatos sensíveis que se esfregam, e decidiu bocejando que a sua vida era monótona. E ao outro dia, ainda impressionado, sentou-se à sua carteira com a janela toda aberta, e olhando o prédio fronteiro, onde viviam aqueles cabelos grandes — começou a aparar vagarosamente a sua pena de rama. Mas ninguém se chegou à janela de peitoril, com caixilhos verdes. Macário estava enfastiado, pesado — e o trabalho foi lento. Pareceu-lhe que havia na rua um sol alegre, e que nos campos as sombras deviam ser mimosas e que se estaria bem vendo o palpitar das borboletas brancas nas madressilvas! E, quando fechou a carteira, sentiu defronte correr-se a vidraça; eram decerto os cabelos pretos. Mas apareceram uns cabelos louros. Oh! E Macário veio logo salientemente para a varanda aparar um lápis. Era uma rapariga de vinte anos, talvez — fina, fresca, loura como uma vinheta inglesa: a brancura da pele tinha alguma coisa da transparência das velhas porcelanas, e havia no seu perfil uma linha pura, como de uma medalha antiga, e os velhos poetas pitorescos ter-lhe-iam chamado — pomba, arminho, neve e ouro.

Macário disse consigo:

— É filha.

---

8 *Vênus*: deusa do amor na mitologia romana.

CIVILIZAÇÃO E OUTROS CONTOS   27

A outra vestia de luto, mas esta, a loura, tinha um vestido de cassa com pintas azuis, um lenço de cambraia traspassado sobre o peito, as mangas perdidas com rendas, e tudo aquilo era asseado, moço, fresco, flexível e tenro.

Macário, nesse tempo, era louro com a barba curta. O cabelo era anelado e a sua figura devia ter aquele ar seco e nervoso que depois do século XVIII e da Revolução, foi tão vulgar nas raças plebeias.

A rapariga loura reparou naturalmente em Macário, e naturalmente desceu a vidraça, correndo por trás uma cortina de cassa bordada. Estas pequenas cortinas datam de Goethe[9] e têm na vida amorosa um interessante destino: revelam. Levantar-lhe uma ponta e espreitar, franzi-la suavemente, revela um fim; corrê-la, pregar nela uma flor, agitá-la, fazendo sentir que por trás um rosto atento se move e espera — são velhas maneiras com que, na realidade e na arte, começa o romance. A cortina ergueu-se devagarinho e o rosto louro espreitou.

Macário não me contou por pulsações — a história minuciosa do seu coração. Disse singelamente que daí a cinco dias — *estava doido por ela*. O seu trabalho tornou-se logo vagaroso e infiel e o seu belo cursivo inglês, firme e largo, ganhou curvas, ganchos, rabiscos, onde estava todo o romance impaciente dos seus nervos. Não a podia ver pela manhã: o sol mordente de Julho batia e escaldava a pequena janela de peitoril. Só pela tarde, a cortina se franzia, se corria a vidraça, e ela, estendendo uma almofadinha no rebordo do peitoril, vinha encostar-se mimosa e fresca com o seu leque. Leque que preocupou Macário: era uma ventarola chinesa, redonda, de seda branca com dragões escarlates bordados à pena, uma cercadura de plumagem azul, fina e trêmula como uma penugem, e o seu cabo de marfim, de onde pendiam duas borlas de fio de ouro, tinha incrustações de nácar à linda maneira persa.

Era um leque magnífico e naquele tempo inesperado nas mãos plebeias duma rapariga vestida de cassa. Mas como ela era loura e a mãe tão meridional, Macário, com esta intuição interpretativa dos namorados, disse à sua curiosidade: *será filha dum inglês*. O inglês vai à China, à Pérsia, a Ormuz, à Austrália e vem cheio daquelas joias dos luxos exóticos, e nem Macário sabia por que é que aquela ventarola de mandarina o preocupava assim: mas segundo ele me disse — *aquilo deu-lhe no goto*[10].

Tinha-se passado uma semana, quando um dia Macário viu, da sua carteira, que ela, a loura, saía com a mãe, porque se acostumara a considerar mãe dela aquela magnífica pessoa, magnificamente pálida e vestida de luto.

Macário veio à janela e viu-as atravessar a rua e entrarem no armazém. No seu armazém! Desceu logo trêmulo, sôfrego, apaixonado e com palpitações. Estavam elas já encostadas ao balcão e um caixeiro desdobrava-lhes defronte casimiras pretas. Isto comoveu Macário. Ele mesmo mo disse.

— Porque enfim, meu caro, não era natural que elas viessem comprar, para si, casimiras pretas.

---

9 *Goethe*: famoso escritor romântico alemão (1749-1832).
10 *Dar no goto de*: agradar bastante.

28 EÇA DE QUEIRÓS

E não: elas não usavam *amazonas*[11], não quereriam decerto estofar cadeiras com casimira preta, não havia homens em casa delas; portanto aquela vinda ao armazém era um meio delicado de o ver de perto, de lhe falar, e tinha o encanto penetrante duma mentira sentimental. Eu disse a Macário que, sendo assim, ele devia estranhar aquele movimento amoroso, porque denotava na mãe uma cumplicidade equívoca. Ele confessou-me que *nem pensava em tal*. O que fez foi chegar ao balção e dizer estupidamente:

— Sim senhor, vão bem servidas, estas casimiras não encolhem.

E a loura ergueu para ele o seu olhar azul, e foi como se Macário se sentisse envolvido na doçura dum Céu[12].

Mas quando ele ia dizer-lhe uma palavra reveladora e veemente, apareceu ao fundo do armazém o tio Francisco, com o seu comprido casaco cor de pinhão, de botões amarelos. Como era singular e desusado achar-se o sr. guarda-livros vendendo ao balção e o tio Francisco, com a sua crítica estreita e celibatária, podia escandalizar-se, Macário começou a subir vagarosamente a escada em caracol que levava ao escritório, e ainda ouviu a voz delicada da loura dizer brandamente:

— Agora queria ver lenços da Índia.

E o caixeiro foi buscar um pequenino pacote daqueles lenços, acamados e apertados numa tira de papel dourado.

Macário, que tinha visto naquela visita uma revelação de amor, quase uma *declaração*, esteve todo o dia entregue às impaciências amargas da paixão. Andava distraído, abstrato, pueril, não deu atenção à escrituração, jantou calado, sem escutar o tio Francisco que exaltava as almôndegas, mal reparou no seu ordenado que lhe foi pago em pintos[13] às três horas, e não entendeu bem as recomendações do tio e a preocupação dos caixeiros sobre o desaparecimento dum pacote de lenços da Índia.

— É o costume de deixar entrar pobres no armazém — tinha dito no seu laconismo majestoso o tio Francisco. — São doze mil réis de lenços. Lance à minha conta.

Macário, no entanto, ruminava secretamente uma carta, mas sucedeu que ao outro dia, estando ele à varanda, a mãe, a de cabelos pretos, veio encostar-se ao peitoril da janela, e neste momento passava na rua um rapaz amigo de Macário que, vendo aquela senhora, afirmou-se e tirou-lhe, com uma cortesia toda risonha, o seu chapéu de palha. Macário ficou radioso: logo nessa noite procurou o seu amigo, e abruptamente, sem meia-tinta:

— Quem é aquela mulher que tu hoje cumprimentaste defronte do armazém?

— É a Vilaça. Bela mulher.

— E a filha?

— A filha!

— Sim, uma loura, clara, com um leque chinês.

---

11 *Amazonas*: vestidos longos usados por mulheres que montam a cavalo.
12 Observe o tom irônico dessa passagem, que lembra o estilo dos escritores românticos.
13 *Pinto*: antiga moeda portuguesa.

CIVILIZAÇÃO E OUTROS CONTOS 29

— Ah! sim. É filha.

— É o que eu dizia...

— Sim, e então?

— É bonita.

— É bonita.

— É gente de bem, hem?

— Sim, gente de bem.

— Está bom. Tu conhece-las muito?

— Conheço-as. Muito não. Encontrava-as dantes em casa de D. Cláudia.

— Bem, ouve lá.

E Macário, contando a história do seu coração acordado e exigente e falando do amor com as exaltações de então, pediu-lhe como a glória da sua vida, que *achasse um meio de o encaixar lá*. Não era difícil. As Vilaças costumavam ir aos sábados à casa de um tabelião muito rico na Rua dos Calafates: eram assembleias simples e pacatas, onde se cantavam motetes ao cravo, se glosavam motes e havia jogos de prendas do tempo da senhora D. Maria I, e às 9 horas a criada servia a orchata. Bem. Logo no primeiro sábado, Macário, de casaca azul, calças de ganga com presilhas de trama de metal, gravata de cetim roxo, curvava-se diante da esposa do tabelião, a Sra. D. Maria da Graça, pessoa seca e aguçada, com um vestido bordado a matiz, um nariz adunco, uma enorme luneta de tartaruga, a pluma de *marabout*[14] nos seus cabelos grisalhos. A um canto da sala já lá estava, entre um frufru de vestidos enormes, a menina Vilaça, a loura, vestida de branco, simples, fresca, com o seu ar de gravura colorida. A mãe Vilaça, a soberba mulher pálida, cochichava com um desembargador de figura apolética. O tabelião era homem letrado, latinista e amigo das musas; escrevia num jornal de então, a *Alcofa das Damas:* porque era sobretudo galante, e ele mesmo se intitulava, numa ode pitoresca, *moço escudeiro de Vênus*. Assim, as suas reuniões eram ocupadas pelas belas-artes — e nessa noite, um poeta do tempo devia vir ler um poemeto intitulado *Elmira ou a Vingança do Veneziano!...* Começavam então a aparecer as primeiras audácias românticas. As revoluções da Grécia principiavam a atrair os espíritos romanescos e saídos da mitologia para os países maravilhosos do Oriente. Por toda a parte se falava no paxá de Janina[15]. E a poesia apossava-se vorazmente deste mundo novo e virginal de minaretes, serralhos, sultanas cor de âmbar, piratas do Arquipélago, e salas rendilhadas, cheias de perfume do aloés onde paxás decrépitos acariciam leões. — De sorte que a curiosidade era grande — e, quando o poeta apareceu com os cabelos compridos, o nariz adunco e fatal, o pescoço entalado na alta gola do seu fraque à Restauração e um canudo de lata na mão, o Sr. Macário é que não experimentou sensação alguma, porque lá estava todo absorvido, falando com a menina Vilaça. E dizia-lhe meigamente:

— Então, noutro dia, gostou das casimiras?

---

14 *Marabout* (francês): Marabu, espécie de cegonha que habita na África e na Índia. Com suas penas, faziam-se enfeites para mulheres.
15 *Janina*: cidade da Grécia.

30 EÇA DE QUEIRÓS

— Muito — disse ela baixo.

E, desde esse momento, envolveu-os um destino nupcial.

No entanto, na larga sala a noite passava-se espiritualmente. Macário não pôde dar todos os pormenores históricos e característicos daquela assembleia. Lembrava-se apenas que um corregedor de Leiria[16] recitava o *Madrigal a Lídia:* lia-o de pé, com uma luneta redonda aplicada sobre o papel, a perna direita lançada para diante, a mão na abertura do colete branco de gola alta. E em redor, formando círculo, as damas, com vestidos de ramagens, cobertas de plumas, as mangas estreitas terminadas num fofo de rendas, mitenes de retrós preto cheias da cintilação dos anéis, tinham sorrisos ternos, cochichos, doces murmurações, risinhos, e um brando palpitar de leques recamados de lantejoulas.

— Muito bonito, diziam, muito bonito! E o corregedor, desviando a luneta, cumprimentava sorrindo — e via-se-lhe um dente podre[17].

Depois, a preciosa D. Jerônima da Piedade e Sande, sentando-se com maneiras comovidas ao cravo, cantou com a sua voz roufenha a antiga ária de Sully:

Oh Ricardo, oh meu rei,
O mundo te abandona,

o que obrigou o terrível Gaudêncio, democrata de 20 e admirador de Robespierre[18], a rosnar rancorosamente junto de Macário:

— Reis!... Víboras!

Depois, o cônego Saavedra cantou uma modinha de Pernambuco muito usada no tempo do senhor D. João VI: *Lindas moças, lindas moças.* E a noite ia assim correndo, literária, pachorrenta, erudita, requintada e toda cheia de musas.

Oito dias depois, Macário era recebido em casa da Vilaça, num domingo. A mãe convidara-o, dizendo-lhe:

— Espero que o vizinho honre aquela choupana.

E até o desembargador apoplético, que estava ao lado, exclamou:

— Choupana?! Diga alcáçar, formosa dama!

Estavam, nesta noite, o amigo do chapéu de palha, um velho cavaleiro de Malta, trôpego, estúpido e surdo, um beneficiado da Sé, ilustre pela sua voz de tiple, e as manas Hilárias, a mais velha das quais tendo assistido, como aia de uma senhora da casa da Mina, a tourada de Salvaterra, em que morreu o conde dos Arcos, nunca deixava de narrar os episódios pitorescos daquela tarde: a figura do conde dos Arcos de cara rapada e uma fita de cetim escarlate no rabicho; o soneto que um magro poeta, parasita da casa de Vimioso, recitou quando o conde entrou, fazendo ladear o seu cavalo negro, arreado à espanhola, com um xairel onde as suas armas estavam lavradas em prata: o tombo que nesse momento um

---

16 *Leiria:* cidade de Portugal não muito distante de Lisboa.
17 Observe o tom satírico dessa descrição de uma reunião social burguesa segundo os padrões do Romantismo.
18 *Robespierre* (1758-1794): um dos principais líderes da revolução francesa.

CIVILIZAÇÃO E OUTROS CONTOS   31

frade de S. Francisco deu da trincheira alta, e a hilaridade da corte, que até a sra. condessa de Pavolide apertava as mãos nas ilhargas: depois el-rei o Sr. D. José I, vestido de veludo escarlate, recamado de ouro, todo encostado ao rebordo do seu palanque, e fazendo girar entre dois dedos a sua caixa de rapé cravejada, e por trás, imóveis, o físico[19] Lourenço e o frade, seu confessor: depois o rico aspecto da praça cheia de gente de Salvaterra, maiorais, mendigos dos arredores, frades, lacaios, e o grito que houve, quando D. José I entrou: "Viva el-rei, nosso senhor!" E o povo ajoelhou, e el-rei tinha-se sentado, comendo doces, que um criado trouxe num saco de veludo, atrás dele. Depois a morte do conde dos Arcos, os desmaios, e até el-rei todo debruçado, batendo com a mão no parapeito, gritando na confusão, e o capelão da casa dos Arcos que tinha corrido a buscar a extrema-unção. Ela, Hilária, ficara estarrecida de pavor: sentia os urros dos bois, gritos agudos de mulheres, os ganidos dos flatos, e vira então um velho, todo vestido de veludo preto, com a fina espada na mão, debater-se entre fidalgos e damas que o seguravam, e querer atirar-se à praça, bramindo de raiva! "É o pai do conde!", explicavam em volta. Ela então desmaiara nos braços de um padre da Congregação. Quando veio a si, achou-se junto da praça; a berlinda real estava à porta, com os boleeiros emplumados, os machos cheios de guizos, e os batedores a cavalo, à frente: via-se lá dentro el-rei, escondido ao fundo, pálido, sorvendo febrilmente rapé, todo encolhido como confessor; e defronte, com uma das mãos apoiada à alta bengala, forte, espadaúdo, o aspecto carregado, o marquês de Pombal falava devagar e intimativamente, gesticulando com a luneta. Mas os batedores picaram, os estalos dos boleeiros retiniram, e a berlinda partiu a galope, enquanto o povo gritava "Viva el-rei, nosso senhor!", e o sino da capela do paço tocava a finados! Era uma honra que el-rei concedia à casa dos Arcos.

Quando D. Hilária acabou de contar, suspirando, estas desgraças passadas, começou-se a jogar. Era singular que Macário não se lembrava o que tinha jogado nessa noite radiosa. Só se recordava que tinha ficado ao lado da menina Vilaça (que se chamava Luísa), que reparara muito na sua fina pele rosada, tocada de luz, e na meiga e amorosa pequenez da sua mão, com uma unha mais polida que o marfim de Diepa. E lembrava-se também de um acidente excêntrico, que determinara nele, desde esse dia, uma grande hostilidade ao clero da Sé. Macário estava sentado à mesa, e ao pé dele Luísa: Luísa estava toda voltada para ele, com uma das mãos apoiando a sua fina cabeça loura e amorosa, e a outra esquecida no regaço. Defronte estava o beneficiado, com o seu barrete preto, os seus óculos na ponta aguda do nariz; o tom azulado da forte barba rapada, e as suas duas grandes orelhas, complicadas e cheias de cabelo, separadas do crânio como dois postigos abertos. Ora, como era necessário no fim do jogo pagar uns tentos ao cavaleiro de Malta, que estava ao lado do beneficiado, Macário tirou da algibeira uma peça e quando o cavaleiro, todo curvado e com um olho pisco, fazia a soma dos tentos nas costas dum ás, Macário conversava com Luísa, e fazia girar sobre o pano verde a sua peça de ouro, como um bilro ou um pião. Era uma peça nova que luzia, faiscava, rodando, e feria a vista como uma bola de névoa dourada. Luísa sorria vendo-a girar, girar, e parecia a Macário

---

19 *Físico*: médico.

que todo o Céu, a pureza, a bondade das flores e a castidade das estrelas estavam naquele claro sorriso distraído, espiritual, arcangélico, com que ela seguia o giro fulgurante da peça de ouro nova. Mas, de repente, a peça, correndo até à borda da mesa, caiu para o lado do regaço de Luísa, e desapareceu, sem se ouvir no soalho de tábuas o seu ruído metálico. O beneficiado abaixou-se logo cortesmente: Macário afastou a cadeira, olhando para debaixo da mesa: a mãe Vilaça alumiou com um castiçal, e Luísa ergueu-se e sacudiu com pequenina pancada o seu vestido de cassa. A peça não apareceu.

— É célebre! — disse o amigo do chapéu de palha. — Eu não ouvi tinir no chão.

— Nem eu, nem eu — disseram.

O beneficiado, curvado, buscava tenazmente, e a Hilária mais nova rosnava o responso de Santo António.

— Pois a casa não tem buracos — dizia a mãe Vilaça.

— Sumiço assim! — resmungava o beneficiado.

No entanto, Macário exalava-se em exclamações desinteressadas:

— Pelo amor de Deus! Ora que tem! Amanhã aparecerá! Tenham a bondade! Por quem são! Então, Sra. D. Luísa! Pelo amor de Deus! Não vale nada.

Mas mentalmente estabeleceu que houvera uma subtração — e atribuiu-a ao beneficiado. A peça rolara, decerto, até junto dele, sem ruído; ele pusera-lhe em cima o seu vasto sapato eclesiástico e tachado; depois, no movimento brusco e curto que tivera, empolgara-a vilmente. E, quando saíram, o beneficiado, todo embrulhado no seu vasto capote de camelão, dizia a Macário pela escada:

— Ora o sumiço da peça, hem? Que brincadeira!

— Acha, sr. beneficiado?! — disse Macário parando, pasmado da impudência.

— Ora essa! Se acho?! Se lhe parece! Uma peça de sete mil réis! Só se o senhor as semeia... Safa! Eu dava em doido!

Macário teve tédio daquela astúcia fria. Não lhe respondeu. O beneficiado é que acrescentou:

— Amanhã mande lá pela manhã, homem. Que diabo... Deus me perdoe! Que diabo! Uma peça não se perde assim. Que bolada, hem!

E Macário tinha vontade de lhe bater.

Foi neste ponto que Macário me disse, com a sua voz singularmente sentida:

— Enfim, meu amigo, para encurtarmos razões, resolvi-me casar com ela.

— Mas a peça?

— Não pensei mais nisso! Pensava eu lá na peça! Resolvi-me casar com ela!

II

Macário contou-me o que o determinara mais precisamente àquela resolução profunda e perpétua. Foi um beijo. Mas esse caso, casto e simples, eu calo-o — mesmo porque a única testemunha foi uma imagem em gravura da Virgem, que estava pendurada no seu caixilho de pau-preto, na saleta escura que abria para a escada... Um beijo fugitivo,

CIVILIZAÇÃO E OUTROS CONTOS   **33**

superficial, efêmero. Mas isso bastou ao seu espírito reto e severo para o obrigar a tomá-la como esposa, a dar-lhe uma fé imutável e a posse da sua vida. Tais foram os seus esponsais. Aquela simpática sombra das janelas vizinhas tornara-se para ele um destino, o fim moral da sua vida e toda a ideia dominante do seu trabalho. E esta história toma, desde logo, um alto caráter de santidade e de tristeza.

Macário falou-me muito do caráter e da figura do tio Francisco: a sua possante estatura, os seus óculos de ouro, a sua barba grisalha, em colar, por baixo do queixo, um tique nervoso que tinha numa asa do nariz, a dureza da sua voz, a sua austera e majestosa tranquilidade, os seus princípios antigos, autoritários e tirânicos, e a brevidade telegráfica das suas palavras.

Quando Macário lhe disse, uma manhã, ao almoço, abruptamente, sem transições emolientes, "Peço-lhe licença para casar", o tio Francisco, que deitava o açúcar no seu café, ficou calado, remexendo com a colher, devagar, majestoso e terrível: e quando acabou de sorver pelo pires, com grande ruído, tirou do pescoço o guardanapo, dobrou-o, aguçou com a faca o seu palito, meteu-o na boca e saiu: mas à porta da sala parou, e voltando-se para Macário, que estava de pé, junto da mesa, disse secamente:

— Não.

— Perdão, tio Francisco!

— Não.

— Mas ouça, tio Francisco…

— Não.

Macário sentiu uma grande cólera.

— Nesse caso, faço-o sem licença.

— Despedido da casa.

— Sairei. Não haja dúvida.

— Hoje.

— Hoje.

E o tio Francisco ia a fechar a porta, mas voltando-se:

— Olá! — disse ele a Macário, que estava exasperado, apoplético, raspando nos vidros da janela.

Macário voltou-se com uma esperança.

— Dê-me daí a caixa do rapé — disse o tio Francisco.

Tinha-lhe esquecido a caixa! Portanto, estava perturbado.

— Tio Francisco… — começou Macário.

— Basta. Estamos a 12. Receberá o seu mês por inteiro. Vá.

As antigas educações produziam estas situações insensatas. Era brutal e idiota. Macário afirmou-me que era assim.

Nessa tarde Macário achava-se no quarto duma hospedaria na Praça da Figueira com seis peças, o seu baú de roupa branca e a sua paixão. No entanto estava tranquilo. Sentia o seu destino cheio de apuros. Tinha relações e amizades no comércio. Era conhecido vantajosamente; a nitidez do seu trabalho, a sua honra tradicional, o nome da família, o seu tato comercial, o seu belo cursivo inglês abriam-lhe, de par em par, respeitosamente, todas as portas dos escritórios. No outro dia foi procurar alegremente o negociante Faleiro, antiga relação comercial da sua casa.

— De muito boa vontade, meu amigo — disse-me ele. — Quem mo dera cá! Mas, se o recebo, fico de mal com seu tio, meu velho amigo de vinte anos. Ele declarou-mo categoricamente. Bem vê. Força maior. Eu sinto, mas...

E todos a quem Macário se dirigiu, confiado em relações sólidas, receavam *ficar de mal com o seu tio, velho amigo de vinte anos.*

E todos *sentiam, mas...*

Macário dirigiu-se então a negociantes novos, estranhos à sua casa e à sua família, e sobretudo aos estrangeiros: esperava encontrar gente livre da amizade de vinte anos do tio. Mas, para esses, Macário era desconhecido, e desconhecidos por igual a sua dignidade e o seu hábil trabalho. Se tomavam informações, sabiam que ele fora despedido da casa do tio repentinamente, por causa duma rapariga loura, vestida de cassa. Esta circunstância tirava as simpatias a Macário. O comércio evita o guarda--livros sentimental. De sorte que Macário começou a sentir-se num momento agudo. Procurando, pedindo, rebuscando, o tempo passava, sorvendo, pinto a pinto, as suas seis peças.

Macário mudou para uma estalagem barata, e continuou farejando. Mas, como fora sempre de temperamento recolhido, não criara amigos. De modo que se encontrava desamparado e solitário — e a vida aparecia-lhe como um descampado.

As peças findaram. Macário entrou, pouco a pouco, na tradição antiga da miséria. Ela tem solenidades fatais e estabelecidas: começou por empenhar — depois vendeu. Relógio, anéis, casaco azul, cadeia, paletó de alamares, tudo foi levando pouco a pouco, embrulhado debaixo do xale, uma velha seca e cheia de asma.

No entanto via Luísa de noite, na saleta escura que dava para o patamar: uma lamparina ardia em cima da mesa: era feliz ali naquela penumbra, todo sentado castamente, ao pé de Luísa, a um canto de um velho canapé de palhinha. Não a via de dia, porque trazia já a roupa usada, as botas cambadas, e não queria mostrar à fresca Luísa, toda mimosa nas suas cambraias asseadas, a sua miséria remendada: ali, àquela luz tênue e esbatida, ele exalava a sua paixão crescente e escondia o seu fato decadente. Segundo me disse Macário — era muito singular o temperamento de Luísa. Tinha o caráter louro como o cabelo — se é certo que o louro é uma cor fraca e desbotada: falava pouco, sorria sempre com os seus brancos dentinhos, dizia a tudo *pois sim:* era muito simples, quase indiferente, cheia de transigências. Amava decerto Macário, mas com todo o amor que podia dar a sua natureza débil, aguada, nula. Era como uma estriga de linho, fiava-se como se queria: e às vezes, naqueles encontros noturnos, tinha sono.

Um dia, porém, Macário encontrou-a excitada: estava com pressa, o xale traçado à toa, olhando sempre para a porta interior.

— A mamã percebeu — disse ela.

E contou-lhe que a mãe desconfiava, ainda rabugenta e áspera, e que decerto farejava aquele plano nupcial tramado como uma conjuração.

— Por que não me vens pedir à mamã?

CIVILIZAÇÃO E OUTROS CONTOS   35

— Mas, filha, se eu não posso! Não tenho arranjo nenhum. Espera. É mais um mês talvez. Tenho agora aí um negócio em bom caminho. Morríamos de fome.

Luísa calou-se, torcendo a ponta do xale, com os olhos baixos.

— Mas ao menos — disse ela — enquanto eu te não fizer sinal da janela, não subas mais, sim?

Macário rompeu a chorar, os soluços saíam violentos e desesperados.

— Chuta! — dizia-lhe Luísa. — Não chores alto!...

Macário contou-me a noite que passou, ao acaso pelas ruas, ruminando febrilmente a sua dor, e lutando, sob a friagem de Janeiro, na sua quinzena curta. Não dormiu, e logo pela manhã, ao outro dia, entrou como uma rajada no quarto do tio Francisco e disse-lhe abruptamente, secamente:

— É tudo o que tenho — e mostrou-lhe três pintos. — Roupa, estou sem ela. Vendi tudo. Daqui a pouco tenho fome.

O tio Francisco, que fazia a barba à janela, com o lenço da Índia amarrado na cabeça, voltou-se e, pondo os óculos, fitou-o.

— A sua carteira lá está. Fique — e acrescentou com um gesto decisivo —solteiro.

— Tio Francisco, ouça-me!...

— Solteiro, disse eu — continuou o tio Francisco, dando o fio à navalha numa tira de sola.

— Não posso.

— Então, rua!

Macário saiu, estonteado. Chegou a casa, deitou-se, chorou e adormeceu. Quando saiu, à noitinha, não tinha resolução, nem ideia. Estava como uma esponja saturada. Deixava-se ir.

De repente, uma voz disse de dentro de uma loja:

— Eh! Pst! Olá!

Era o amigo do chapéu de palha: abriu grandes braços pasmados.

— Que diacho! Desde manhã que te procuro.

E contou-lhe que tinha chegado da província, tinha sabido a sua crise e trazia-lhe um desenlace.

— Queres?

— Tudo.

Uma casa comercial queria um homem hábil, resoluto e duro, para ir numa comissão difícil e de grande ganho a Cabo Verde.

— Pronto! — disse Macário. — Pronto! Amanhã.

E foi logo escrever a Luísa, pedindo-lhe uma despedida, um último encontro, aquele em que os braços desolados e veementes tanto custam a desenlaçar-se. Foi. Encontrou-a toda embrulhada no seu xale, tiritando de frio. Macário chorou. Ela, com a sua passiva e loura doçura, disse-lhe:

— Fazes bem. Talvez ganhes.

E ao outro dia Macário partiu.

EÇA DE QUEIRÓS

Conheceu as viagens trabalhosas nos mares inimigos, o enjoo monótono num beliche abafado, os duros sóis das colônias, a brutalidade tirânica dos fazendeiros ricos, o peso dos fardos humilhantes, as dilacerações da ausência, as viagens ao interior das terras negras e a melancolia das caravanas que costeiam por violentas noites, durante dias e dias, os rios tranquilos, de onde se exala a morte.

Voltou.

E logo nessa tarde a viu a ela, Luísa, clara, fresca, repousada, serena, encostada ao peitoril da janela, com a sua ventarola chinesa. E ao outro dia, sofregamente, foi pedi-la à mãe. Macário tinha feito um ganho saliente — e a mãe Vilaça abriu-lhe uns grandes braços amigos, cheia de exclamações. O casamento decidiu-se para daí a um ano.

— Por quê? — disse eu a Macário.

E ele explicou-me que os lucros de Cabo Verde não podiam constituir um capital definitivo: eram apenas um capital de habilitação. Trazia de Cabo Verde elementos de poderosos negócios: trabalharia, durante um ano, heroicamente, e ao fim poderia, sossegadamente, criar uma família.

E trabalhou: pôs naquele trabalho a força criadora da sua paixão. Erguia-se de madrugada, comia à pressa, mal falava. À tardinha ia visitar Luísa. Depois voltava sofregamente para a fadiga, como um avaro para o seu cofre. Estava grosso, forte, duro, fero: servia-se com o mesmo ímpeto das ideias e dos músculos: vivia numa tempestade de cifras. Às vezes Luísa, de passagem, entrava no seu armazém: aquele pousar de ave fugitiva dava-lhe alegria, fé, reconforto para todo um mês cheiamente trabalhado.

Por esse tempo o amigo do chapéu de palha veio pedir a Macário que fosse seu fiador por uma grande quantia, que ele pedira para estabelecer uma loja de ferragens em grande. Macário, que estava no vigor do seu crédito, cedeu com alegria. O amigo do chapéu de palha é que lhe dera o negócio providencial de Cabo Verde. Faltavam então dois meses para o casamento. Macário já sentia, por vezes, subirem-lhe ao rosto as febris vermelhidões da esperança. Já começara a tratar dos *banhos*. Mas um dia o amigo do chapéu de palha desapareceu com a mulher de um alferes. O seu estabelecimento estava em começo. Era uma confusa aventura. Não se pôde nunca precisar nitidamente aquele *embróglio*[20] doloroso. O que era positivo é que Macário era fiador, Macário devia reembolsar. Quando o soube, empalideceu e disse simplesmente:

— Liquido e pago!

E quando liquidou, ficou outra vez pobre. Mas nesse mesmo dia, como o desastre tivera uma grande publicidade, e a sua honra estava santificada na opinião, a casa Peres & Cia., que o mandara a Cabo Verde, veio propor-lhe uma outra viagem e outros ganhos.

— Voltar a Cabo Verde outra vez!

— Faz outra vez fortuna, homem. O senhor é o Diabo! — disse o Sr. Eleutério Peres.

---

20 *Embróglio*: confusão, trapalhada.

CIVILIZAÇÃO E OUTROS CONTOS 37

Quando se viu assim, só e pobre, Macário desatou a chorar. Tudo estava perdido, findo, extinto; era necessário recomeçar pacientemente a vida, voltar às longas misérias de Cabo Verde, tornar a tremer os passados desesperos, suar os antigos suores! E Luísa? Macário escreveu-lhe. Depois rasgou a carta. Foi à casa dela: as janelas tinham luz: subiu até ao primeiro andar, mas aí tomou-o uma mágoa, uma cobardia de revelar o desastre, o pavor trêmulo de uma separação, o terror de ela se recusar, negar-se, hesitar! E quereria ela esperar mais? Não se atreveu a falar, explicar, pedir; desceu, pé ante pé. Era noite. Andou ao acaso pelas ruas: havia um sereno e silencioso luar. Ia sem saber: de repente ouviu, de uma janela alumiada, uma rabeca que tocava a *xácara mourisca*. Lembrou-se do tempo em que conhecera Luísa, do bom sol claro que havia então, e do vestido dela, de cassa com pintas azuis! Estava na rua onde eram os armazéns do tio. Foi caminhando. Pôs-se a olhar para a sua antiga casa. A janela do escritório estava fechada. Quantas vezes dali vira Luísa, e o brando movimento do seu leque chinês! Mas uma janela, no segundo andar, tinha luz; era o quarto do tio. Macário foi observar mais de longe: uma figura estava encostada, por dentro, à vidraça: era o tio Francisco. Veio-lhe uma saudade de todo o seu passado simples, retirado, plácido. Lembrava-lhe o seu quarto, e a velha carteira com fecho de prata, e a miniatura de sua mãe, que estava por cima da barra do leito; a sala de jantar e o seu velho aparador de pau-preto, e a grande caneca da água, cuja asa era uma serpente irritada. Decidiu-se, e impelido por um instinto, bateu à porta. Bateu outra vez. Sentiu abrir a vidraça, e a voz do tio perguntar:

— Quem é?

— Sou eu, tio Francisco, sou eu. Venho dizer-lhe adeus.

A vidraça fechou-se, e daí a pouco a porta abriu-se com um grande ruído de ferrolhos. O tio Francisco tinha um candeeiro de azeite na mão. Macário achou-o magro, mais velho. Beijou-lhe a mão.

— Suba — disse o tio.

Macário ia calado, cosido com o corrimão.

Quando chegou ao quarto, o tio Francisco pousou o candeeiro sobre uma larga mesa de pau-santo, e de pé, com as mãos nos bolsos, esperou.

Macário estava calado, anediando a barba.

— Que quer? — gritou-lhe o tio.

— Vinha dizer-lhe adeus; volto para Cabo Verde.

— Boa viagem.

E o tio Francisco, voltando-lhe as costas, foi rufar na vidraça.

Macário ficou imóvel, deu dois passos no quarto, todo revoltado, e ia sair.

— Onde vai, seu estúpido? — gritou-lhe o tio.

— Vou-me.

— Sente-se ali!

E o tio Francisco continuou, com grandes passadas pelo quarto:

— O seu amigo é um canalha! Loja de ferragens! Não está má! O senhor é um homem de bem. Estúpido, mas homem de bem. Sente-se ali! Sente-se! O seu amigo é um canalha! O senhor é um homem de bem! Foi a Cabo Verde! Bem sei! Pagou tudo.

Está claro! Também sei! Amanhã faz o favor de ir para a sua carteira, lá para baixo. Mandei pôr palhinha nova na cadeira. Faz favor de pôr na fatura Macário & Sobrinho. E case. Case, e que lhe preste! Levante dinheiro. E meta na minha conta. A sua cama lá está feita.

Macário, estonteado, radioso, com as lágrimas nos olhos, queria abraçá-lo.

— Bem, bem. Adeus!

Macário ia sair.

— Oh! burro, pois quer-se ir desta sua casa?

E, indo a um pequeno armário, trouxe geleia, um covilhete de doce, uma garrafa antiga de porto e biscoitos.

— Coma!

E sentando-se ao pé dele, e tornando a chamar-lhe estúpido, tinha uma lágrima a correr-lhe pelo engelhado da pele.

De sorte que o casamento foi decidido para dali a um mês. E Luísa começou a tratar do seu enxoval.

Macário estava então na plenitude do amor e da alegria.

Via o fim da sua vida preenchido, completo, feliz. Estava quase sempre em casa da noiva, e um dia andando a acompanhá-la, em compras, pelas lojas, ele mesmo lhe quisera fazer um pequeno presente. A mãe tinha ficado numa modista, num primeiro andar da Rua do Ouro, e eles tinham descido, alegremente, rindo, a um ourives que havia embaixo, no mesmo prédio, na loja.

O dia estava de Inverno, claro, fino, frio, com um grande céu azul-ferrete, profundo, luminoso, consolador.

— Que bonito dia! — disse Macário.

E com a noiva pelo braço, caminhou um pouco, ao comprido do passeio.

— Está! — disse ela. — Mas podem reparar; nós sós...

— Deixa, está tão bom...

— Não, não.

E Luísa arrastou-o brandamente para a loja do ourives. Estava apenas um caixeiro, trigueiro, de cabelo hirsuto.

Macário disse-lhe:

— Queria ver anéis.

— Com pedras — disse Luísa — e o mais bonito.

— Sim, com pedras — disse Macário. — Ametista, granada. Enfim, o melhor.

E, no entanto, Luísa ia examinando as *montras*[21] forradas de veludo azul, onde reluziam as grossas pulseiras cravejadas, os grilhões, os colares de camafeus, os anéis, as finas *alianças* frágeis como o amor, e toda a cintilação da pesada ourivesaria.

— Vê, Luísa — disse Macário.

---

21 *Montra*: vitrine.

CIVILIZAÇÃO E OUTROS CONTOS   **39**

O caixeiro tinha estendido, na outra extremidade do balcão, em cima do vidro da *montra*, um reluzente espalhado de anéis de ouro, de pedras, lavrados, esmaltados; e Luísa, tomando-os e deixando-os com as pontas dos dedos, ia-os correndo e dizendo:

— É feio... É pesado... É largo...

— Vê este — disse-lhe Macário.

Era um anel de pequenas pérolas.

— É bonito — respondeu ela. — É lindo!

— Deixa ver se serve — tornou Macário.

E tomando-lhe a mão, meteu-lhe o anel devagarinho, docemente no dedo; e ela ria, com os seus brancos dentinhos finos, todos esmaltados.

— É muito largo — disse Macário. — Que pena!

— Aperta-se, querendo. Deixe a medida. Tem-no pronto amanhã.

— Boa ideia — disse Macário — sim senhor. Porque é muito bonito. Não é verdade? As pérolas muito iguais, muito claras. Muito bonito! E estes brincos? — acrescentou, indo ao fim do balcão, a outra *montra*. — Estes brincos com uma concha?

— Dez moedas — disse o caixeiro.

E, no entanto, Luísa continuava examinando os anéis, experimentando-os em todos os dedos, revolvendo aquela delicada *montra*, cintilante e preciosa.

Mas, de repente, o caixeiro fez-se muito pálido, e afirmou-se em Luísa, passando vagarosamente a mão pela cara.

— Bem — disse Macário, aproximando-se — então amanhã temos o anel pronto. A que horas?

O caixeiro não respondeu e começou a olhar fixamente para Macário.

— A que horas?

— Ao meio-dia.

— Bem, adeus — disse Macário.

E iam sair. Luísa trazia um vestido de lã azul, que arrastava um pouco, dando uma ondulação melodiosa ao seu passo, e as suas mãos pequeninas estavam escondidas num regalo branco.

— Perdão! — disse de repente o caixeiro.

Macário voltou-se.

— O senhor não pagou...

Macário olhou para ele gravemente.

— Está claro que não. Amanhã venho buscar o anel, pago amanhã.

— Perdão! — insistiu o caixeiro. — Mas o outro...

— Qual outro? — exclamou Macário com uma voz surpreendida, adiantando-se para o balcão.

— Essa senhora sabe — afirmou o caixeiro. — Essa senhora sabe...

Macário tirou a carteira lentamente.

— Perdão, se há uma conta antiga...

O caixeiro abriu o balcão, e com um aspecto resoluto:

— Nada, meu caro senhor, é de agora. É um anel com dois brilhantes que aquela senhora leva.

— Eu! — disse Luísa, com a voz baixa, toda escarlate.

— Que é? Que está a dizer?

E Macário, pálido, com os dentes cerrados, contraído, fitava o caixeiro colericamente.

O caixeiro disse então:

— Essa senhora tirou dali um anel.

Macário ficou imóvel, encarando-o.

— Um anel com dois brilhantes — continuou o rapaz. — Vi perfeitamente.

O caixeiro estava tão excitado, que a sua voz gaguejava, prendia-se espessamente.

— Essa senhora não sei quem é. Mas tirou o anel. Tirou-o dali...

Macário, maquinalmente, agarrou-lhe no braço, e voltando-se para Luísa, com a palavra abafada, gotas de suor na testa, lívido:

— Luísa, diz...

Mas a voz cortou-se-lhe.

— Eu... — balbuciou ela, trêmula, assombrada, enfiada, decomposta.

E deixou cair o regalo ao chão.

Macário veio para ela, agarrou-lhe no pulso, fitando-a: e o seu aspecto era tão resoluto e tão imperioso, que ela meteu a mão no bolso, bruscamente, apavorada, e mostrando o anel:

— Não me faça mal! — suplicou, encolhendo-se toda.

Macário ficou com os braços caídos, o ar abstrato, os beiços brancos; mas de repente, dando um puxão ao casaco, recuperando-se, disse ao caixeiro:

— Tem razão. Era distração... Está claro! Esta senhora tinha-se esquecido. É o anel. Sim, senhor, evidentemente... Tem a bondade. Toma, filha, toma. Deixa estar, este senhor, embrulha-o. Quanto custa?

Abriu a carteira e pagou.

Depois apanhou o regalo, sacudiu-o brandamente, limpou os beiços com o lenço, deu o braço a Luísa, e dizendo ao caixeiro: *desculpe, desculpe,* levou-a, inerte, passiva, aterrada, semimorta.

Deram alguns passos na rua, que um largo sol iluminava intensamente: as seges cruzavam-se, rolando ao estalido do chicote: figuras risonhas passavam, conversando: os pregões subiam em gritos alegres: um cavaleiro de calção de anta fazia ladear o seu cavalo, enfeitado de rosetas; e a rua estava cheia, ruidosa, viva, feliz e coberta de sol.

Macário ia maquinalmente, como no fundo de um sonho. Parou a uma esquina. Tinha o braço de Luísa passado no seu; e via-lhe a mão pendente, a sua linda mão de cera, com as veias docemente azuladas, os dedos finos e amorosos: era a mão direita, e aquela mão era a da sua noiva! E, instintivamente, leu o cartaz que anunciava, para esta noite, *Palafoz em Saragoça.*

De repente, soltando o braço de Luísa, disse-lhe baixo:

— Vai-te.

CIVILIZAÇÃO E OUTROS CONTOS — 41

— Ouve!... — rogou ela, com a cabeça toda inclinada.

— Vai-te. — E com a voz abafada e terrível: — Vai-te. Olha que chamo. Mando-te para o Aljube. Vai-te.

— Mas ouve, Jesus!

— Vai-te! — E fez um gesto, com o punho cerrado.

— Pelo amor de Deus, não me batas aqui! — disse ela, sufocada.

— Vai-te! Podem reparar. Não chores. Olha que veem. Vai-te!

E chegando-se para ela, disse baixo:

— És uma ladra!

E voltando-lhe as costas, afastou-se, devagar, riscando o chão com a bengala.

A distância, voltou-se: ainda viu, através dos vultos, o seu vestido azul.

Como partiu nessa tarde para a província, não soube mais daquela rapariga loura.

No Moinho

D. Maria da Piedade era considerada em toda a vila como "uma senhora modelo". O velho Nunes, diretor do correio, sempre que se falava nela, dizia, acariciando com autoridade os quatro pelos da calva:

— É uma santa! É o que ela é!

A vila tinha quase orgulho na sua beleza delicada e tocante; era uma loura, de perfil fino, a pele ebúrnea, e os olhos escuros de um tom de violeta, a que as pestanas longas escureciam mais o brilho sombrio e doce. Morava ao fim da estrada, numa casa azul de três sacadas; e era, para a gente que às tardes ia fazer o giro até ao moinho, um encanto sempre novo vê-la por trás da vidraça, entre as cortinas de cassa, curvada sobre a sua costura, vestida de preto, recolhida e séria. Poucas vezes saía. O marido, mais velho que ela, era um inválido, sempre de cama, inutilizado por uma doença de espinha; havia anos que não descia à rua; avistavam-no às vezes também à janela murcho e trôpego, agarrado à bengala, encolhido na *robe de chambre*, com uma face macilenta, a barba desleixada e com um barretinho de seda enterrado melancolicamente até ao cachaço. Os filhos, duas rapariguitas e um rapaz, eram também doentes, crescendo pouco e com dificuldade, cheios de tumores nas orelhas, chorões e tristonhos. A casa, interiormente, parecia lúgubre. Andava-se nas pontas dos pés, porque o senhor, na excitação nervosa que lhe davam as insônias, irritava-se com o menor rumor; havia sobre as cômodas alguma garrafada da botica, alguma malga com papas de linhaça; as mesmas flores com que ela, no seu arranjo e no seu gosto de frescura, ornava as mesas, depressa murchavam naquele ar abafado de febre, nunca renovado por causa das correntes de ar; e era uma tristeza ver sempre algum dos pequenos ou de emplastro sobre a orelha, ou a um canto do canapé, embrulhado em cobertores com uma amarelidão de hospital.

Maria da Piedade vivia assim, desde os vinte anos. Mesmo em solteira, em casa dos pais, a sua existência fora triste. A mãe era uma criatura desagradável e azeda; o pai, que se empenhara pelas tavernas e pelas batotas, já velho, sempre bêbedo, os dias que aparecia em casa passava-os à lareira, num silêncio sombrio, cachimbando e escarrando para as cinzas. Todas as semanas desancava a mulher. E quando João Coutinho pediu Maria em casamento, apesar de doente já, ela aceitou, sem hesitação, quase com reconhecimento, para salvar o casebre da penhora, não ouvir mais os gritos da mãe, que a faziam tremer, rezar, em cima no seu quarto, onde a chuva entrava pelo telhado. Não amava o marido, decerto; e mesmo na vila tinha-se lamentado que aquele lindo rosto de Virgem Maria, aquela figura de fada, fosse pertencer ao Joãozinho Coutinho, que desde rapaz fora sempre entrevado. O Coutinho, por morte do pai, ficara rico; e ela, acostumada por fim àquele marido rabugento, que passava o dia arrastando-se sombriamente da sala para a alcova, ter-se-ia resignado, na sua natureza de enfermeira e de consoladora, se os filhos ao menos tivessem nascido sãos e robustos. Mas aquela família que lhe vinha com o sangue viciado, aquelas existências hesitantes, que depois pareciam apodrecer-lhe nas mãos, apesar dos seus cuidados inquietos, acabrunhavam-na. Às vezes só, picando a sua costura,

CIVILIZAÇÃO E OUTROS CONTOS 43

corriam-lhe as lágrimas pela face: uma fadiga da vida invadia-a, como uma névoa que lhe escurecia a alma.

Mas se o marido de dentro chamava desesperado, ou um dos pequenos choramingava, lá limpava os olhos, lá aparecia com a sua bonita face tranquila, com alguma palavra consoladora, compondo a almofada a um, indo animar o outro, feliz em ser boa. Toda a sua ambição era ver o seu pequeno mundo bem tratado e bem acarinhado. Nunca tivera desde casada uma curiosidade, um desejo, um capricho: nada a interessava na Terra senão as horas dos remédios e o sono dos seus doentes. Todo o esforço lhe era fácil quando era para os contentar: apesar de fraca, passeava horas trazendo ao colo o pequerrucho, que era o mais impertinente, com as feridas que faziam dos seus pobres beicinhos uma crosta escura: durante as insônias do marido não dormia também, sentada ao pé da cama, conversando, lendo-lhe as Vidas dos Santos, porque o pobre entrevado ia caindo em devoção. De manhã estava um pouco mais pálida, mas toda correta no seu vestido preto, fresca, com os bandós bem lustrosos, fazendo-se bonita para ir dar as sopas de leite aos pequerruchos. A sua única distração era à tarde sentar-se à janela com a sua costura, e a pequenada em roda, aninhada no chão, brincando tristemente. A mesma paisagem que ela via da janela era tão monótona como a sua vida: embaixo a estrada, depois uma ondulação de campos, uma terra magra plantada aqui e além de oliveiras e, erguendo-se ao fundo, uma colina triste e nua, sem uma casa, uma árvore, um fumo de casal que pusesse naquela solidão de terreno pobre uma nota humana e viva.

Vendo-a assim tão resignada e tão sujeita, algumas senhoras da vila afirmavam que ela era beata: todavia ninguém a avistava na igreja, a não ser ao domingo, com o pequerrucho mais velho pela mão, todo pálido no seu vestido de veludo azul. Com efeito, a sua devoção limitava-se a esta missa todas as semanas. A sua casa ocupava-a muito para se deixar invadir pelas preocupações do Céu: naquele dever de boa mãe, cumprido com amor, encontrava uma satisfação suficiente à sua sensibilidade; não necessitava adorar santos ou enternecer-se com Jesus. Instintivamente mesmo pensava que toda a afeição excessiva dada ao Pai do Céu, todo o tempo gasto em se arrastar pelo confessionário ou junto do oratório, seria uma diminuição cruel no seu cuidado de enfermeira: a sua maneira de rezar era velar os filhos: e aquele pobre marido pregado numa cama, todo dependente dela, tendo-a só a ela, parecia-lhe ter mais direito ao seu fervor que o outro, pregado numa cruz, tendo para o amar toda uma humanidade pronta. Além disso, nunca tivera estas sentimentalidades de alma triste que levam à devoção. O seu longo hábito de dirigir uma casa de doentes, de ser ela o centro, a força, o amparo daqueles inválidos, tornara-a terna, mas prática; e assim era ela que administrava agora a casa do marido, com um bom senso que a afeição dirigira, uma solicitude de mãe próvida. Tais ocupações bastavam para entreter o seu dia: o marido, de resto, detestava visitas, o aspecto de caras saudáveis, as comiserações de cerimônia; e passavam-se meses sem que em casa de Maria da Piedade se ouvisse outra voz estranha à família, a não ser a do Dr. Abílio — que a adorava, e que dizia dela com os olhos esgazeados:

— É uma fada! É uma fada!...

44 EÇA DE QUEIRÓS

Foi por isso grande a excitação na casa, quando João Coutinho recebeu uma carta de seu primo Adrião, que lhe anunciava que em duas ou três semanas ia chegar à vila. Adrião era um homem célebre, e o marido de Maria da Piedade tinha naquele parente um orgulho enfático. Assinara mesmo um jornal de Lisboa, só para ver o seu nome nas locais e na crítica. Adrião era um romancista: e o seu último livro, *Madalena*, um estudo de mulher trabalhado a grande estilo, duma análise delicada e sutil, consagrara-o como um mestre. A sua fama, que chegara até à vila, num vago de legenda, apresentava-o como uma personalidade interessante, um herói de Lisboa, amado das fidalgas, impetuoso e brilhante, destinado a uma alta situação do Estado. Mas realmente na vila era sobretudo notável por ser primo do João Coutinho.

D. Maria da Piedade ficou aterrada com esta visita. Via já a sua casa em confusão com a presença do hóspede extraordinário. Depois a necessidade de fazer *mais toilette*, de alterar a hora do jantar, de conversar com um literato, e tantos outros esforços cruéis!... E a brusca invasão daquele mundano, com as suas malas, o fumo do seu charuto, a sua alegria de são, na paz triste do seu hospital, dava-lhe a impressão apavorada duma profanação. Foi por isso um alívio, quase um reconhecimento, quando Adrião chegou, e muito simplesmente se instalou na antiga estalagem do tio André, à outra extremidade da vila. João Coutinho escandalizou-se; tinha já o quarto do hóspede preparado com lençóis de rendas, uma colcha de damasco, pratas sobre a cômoda, e queria-o todo para si, o primo, o homem célebre, o grande autor... Adrião porém recusou:

— Eu tenho os meus hábitos, vocês têm os seus... Não nos contrariemos, hem?... O que faço é vir cá jantar. De resto, não estou mal no tio André... Vejo da janela um moinho e uma represa que são um quadrozinho delicioso... E ficamos amigos, não é verdade?

Maria da Piedade olhava-o assombrada: aquele herói, aquele fascinador por quem choravam mulheres, aquele poeta que os jornais glorificavam, era um sujeito extremamente simples — muito menos complicado, menos espetaculoso que o filho do recebedor! Nem formoso era: e com o seu chapéu desabado sobre uma face cheia e barbuda, a quinzena[1] de flanela caindo à larga num corpo robusto e pequeno, os seus sapatos enormes, parecia-lhe a ela um dos caçadores de aldeia que às vezes encontrava, quando de mês a mês ia visitar as fazendas do outro lado do rio. Além disso não fazia frases: e a primeira vez que veio jantar, falou apenas, com grande bonomia, dos seus negócios. Viera por eles. Da fortuna do pai, a única terra que não estava devorada, ou abominavelmente hipotecada, era a Curgossa, uma fazenda ao pé da vila, que andava além disso mal arrendada... O que ele desejava era vendê-la. Mas isso parecia-lhe a ele tão difícil, como fazer a *Ilíada*![2]... E lamentava sinceramente ver o primo ali, inútil sobre uma cama, sem poder ajudar nesses passos a dar com os proprietários da vila. Foi por isso, com grande alegria, que ouviu João Coutinho declarar-lhe que a mulher era uma administradora de primeira ordem, e hábil nestas questões como um antigo rábula!...

---

1 *Quinzena*: jaquetão leve.
2 *Ilíada:* célebre poema do poeta épico grego Homero (séc. IX a. C.).

CIVILIZAÇÃO E OUTROS CONTOS   **45**

— Ela vai contigo ver a fazenda, fala com o Teles, e arranja-te isso tudo... E na questão de preço, deixe-a a ela!...

— Mas que superioridade, prima! — exclamou Adrião maravilhado. — Um anjo que entende de cifras!

Pela primeira vez na sua existência Maria da Piedade corou com a palavra dum homem[3]. De resto prontificou-se logo a ser a procuradora do primo...

No outro dia foram ver a fazenda. Como ficava perto, e era um dia de Março fresco e claro, partiram a pé. A princípio, acanhada por aquela companhia de um leão[4], a pobre senhora caminhava junto dele com o ar de um pássaro assustado: apesar de ele ser tão simples, havia na sua figura enérgica e musculosa, no timbre rico da sua voz, nos seus olhos pequenos e luzidios alguma coisa de forte, de dominante, que a enleava. Tinha-se-lhe prendido à orla do seu vestido um galho de silvado, e como ele se abaixara para o desprender delicadamente, o contato daquela mão branca e fina de artista na orla da sua saia incomodou-a singularmente. Apressava o passo para chegar bem depressa à fazenda, aviar o negócio com o Teles, e voltar imediatamente a refugiar-se, como no seu elemento próprio, no ar abafado e triste do seu hospital. Mas a estrada estendia-se, branca e longa, sob o sol tépido — e a conversa de Adrião foi-a lentamente acostumando à sua presença.

Ele parecia desolado daquela tristeza da casa. Deu-lhe alguns bons conselhos: o que os pequenos necessitavam era ar, sol, uma outra vida diversa daquele abafamento de alcova...

Ela também assim o julgava; mas quê! O pobre João, sempre que se lhe falava de ir passar algum tempo à quinta, afligia-se terrivelmente: tinha horror aos grandes ares e aos grandes horizontes: a natureza forte fazia-o quase desmaiar; tornara-se um ser artificial, encafuado entre os cortinados da cama...

Ele então lamentou-a. Decerto poderia haver alguma satisfação num dever tão santamente cumprido... Mas, enfim, ela devia ter momentos em que desejasse alguma outra coisa além daquelas quatro paredes, impregnadas do bafo da doença...

— Que hei-de eu desejar mais? — disse ela.

Adrião calou-se: pareceu-lhe absurdo supor que ela desejasse, realmente, o Chiado[5] ou o Teatro da Trindade[6]... No que ele pensava era noutros apetites, nas ambições do coração insatisfeito... Mas isto pareceu-lhe tão delicado, tão grave de dizer àquela criatura virginal e séria — que falou da paisagem...

— Já viu o moinho? — perguntou-lhe ela.

— Tenho vontade de o ver, se mo quiser ir mostrar, prima.

— Hoje é tarde.

---

3 Esse comentário do narrador é importante para se entender, mais tarde, o comportamento de Maria da Piedade.

4 Leão, nessa passagem, tem o sentido de "homem famoso".

5 *Chiado*: bairro elegante de Lisboa.

6 *Teatro da Trindade*: um dos teatros de Lisboa.

Combinaram logo ir visitar esse recanto da verdura, que era o idílio da vila.

Na fazenda, a longa conversa com o Teles criou uma aproximação maior entre Adrião e Maria da Piedade. Aquela venda que ela discutia com uma astúcia de aldeã punha entre eles como que um interesse comum. Ela falou-lhe já com menos reserva quando voltaram. Havia nas maneiras dele, dum respeito tocante, uma atração que a seu pesar a levava a revelar-se, a dar-lhe a sua confiança: nunca falara tanto a ninguém: a ninguém jamais deixara ver tanto da melancolia oculta que errava constantemente na sua alma. De resto as suas queixas eram sobre a mesma dor — a tristeza do seu interior, as doenças, tantos cuidados graves... E vinha-lhe por ele uma simpatia, como um indefinido desejo de o ter sempre presente, desde que ele se tornava assim depositário das suas tristezas.

Adrião voltou para o seu quarto, na estalagem do André, impressionado, interessado por aquela criatura tão triste e tão doce. Ela destacava sobre o mundo de mulheres que até ali conhecera, como um perfil suave de anjo gótico entre fisionomias de mesa-redonda. Tudo nela concordava deliciosamente: o ouro do cabelo, a doçura da voz, a modéstia na melancolia, a linha casta, fazendo um ser delicado e tocante, a que mesmo o seu pequenino espírito burguês, certo fundo rústico de aldeã e uma leve vulgaridade de hábitos davam um encanto: era um anjo que vivia há muito tempo numa vilota grosseira e estava por muitos lados preso às trivialidades do sítio: mas bastaria um sopro para o fazer remontar ao céu natural, aos cimos puros da sentimentalidade...

Achava absurdo e infame fazer a corte à prima... Mas involuntariamente pensava no delicioso prazer de fazer bater aquele coração que não estava deformado pelo espartilho, e de pôr enfim os seus lábios numa face onde não houvesse pós-de-arroz... E o que o tentava sobretudo era pensar que poderia percorrer toda a província em Portugal sem encontrar nem aquela linha do corpo, nem aquela virgindade tocante de alma adormecida... Era uma ocasião que não voltava.

O passeio ao moinho foi encantador. Era um recanto de natureza, digno de Corot[7], sobretudo à hora do meio-dia em que eles lá foram, com a frescura da verdura, a sombra recolhida das grandes árvores, e toda a sorte de murmúrios de água corrente, fugindo, reluzindo entre os musgos e as pedras, levando e espalhando no ar o frio da folhagem, da relva, por onde corriam cantando. O moinho era dum alto pitoresco, com a sua velha edificação de pedra secular, a sua roda enorme, quase podre, coberta de ervas, imóvel sobre a gelada limpidez da água escura. Adrião achou-o digno duma cena de romance, ou, melhor, da morada duma fada. Maria da Piedade não dizia nada, achando extraordinária aquela admiração pelo moinho abandonado do tio Costa. Como ela vinha um pouco cansada, sentaram-se numa escada desconjuntada de pedra, que mergulhava na água da represa os últimos degraus: e ali ficaram um momento calados, no encanto daquela frescura murmurosa, ouvindo as aves piarem nas ramas. Adrião via-a de perfil, um pouco curvada, esburacando com a ponteira do guarda-sol as ervas brancas que invadiam os degraus: era deliciosa assim, tão branca, tão loura, duma linha tão pura sobre o fundo azul do ar: o seu

---

7 *Corot* (1796-1875): famoso pintor francês.

CIVILIZAÇÃO E OUTROS CONTOS   **47**

chapéu era de mau gosto, o seu mantelete antiquado, mas ele achava nisso mesmo uma ingenuidade picante. O silêncio dos campos em redor isolava-os — e, insensivelmente, ele começou a falar-lhe baixo. Era ainda a mesma compaixão pela melancolia da sua existência naquela triste vila, pelo seu destino de enfermeira... Ela escutava-o de olhos baixos, pasmada de se achar ali tão só com aquele homem tão robusto, toda receosa e achando um sabor delicioso ao seu receio... Houve um momento em que ele falou do encanto de ficar ali para sempre na vila.

— Ficar aqui? Para quê? — perguntou ela, sorrindo.

— Para quê? Para isto, para estar sempre ao pé de si...

Ela cobriu-se de um rubor, o guarda-solinho escapou-lhe das mãos. Adrião receou tê-la ofendido, e acrescentou logo rindo:

— Pois não era delicioso?... Eu podia alugar este moinho, fazer-me moleiro... A prima havia de me dar a sua freguesia...

Isto fê-la rir; era mais linda quando ria: tudo brilhava nela, os dentes, a pele, a cor do cabelo. Ele continuou gracejando, com o seu plano de se fazer moleiro, e de ir pela estrada tocando o burro, carregado de sacas de farinha.

— E eu venho ajudá-lo, primo! — disse ela, animada pelo seu próprio riso, pela alegria daquele homem a seu lado.

— Vem? — exclamou ele. — Juro-lhe que me faço moleiro! Que paraíso, nós aqui ambos no moinho, ganhando alegremente a nossa vida, e ouvindo cantar esses melros!

Ela corou outra vez do fervor da sua voz, e recuou como se ele fosse já arrebatá-la para o moinho. Mas Adrião agora, inflamado àquela ideia, pintava-lhe na sua palavra colorida toda uma vida romanesca, de uma felicidade idílica, naquele esconderijo de verdura: de manhã, a pé cedo, para o trabalho; depois o jantar na relva à beira de água; e à noite as boas palestras ali sentados, à claridade das estrelas ou sob a sombra cálida dos céus negros de Verão...

E de repente, sem que ela resistisse, prendeu-a nos braços, e beijou-a sobre os lábios, dum só beijo profundo e interminável. Ela tinha ficado contra o seu peito, branca, como morta: e duas lágrimas corriam-lhe ao comprido da face. Era assim tão dolorosa e fraca, que ele soltou-a; ela ergueu-se, apanhou o guarda-solinho e ficou diante dele, com o beicinho a tremer, murmurando:

— É malfeito... É malfeito...

Ele mesmo estava tão perturbado — que a deixou descer para o caminho: e daí a um momento, seguiam ambos calados para a vila. Foi só na estalagem que ele pensou:

— Fui um tolo!

Mas no fundo estava contente da sua generosidade. À noite foi a casa dela: encontrou-a com o pequerrucho no colo, lavando-lhe em água de malvas as feridas que ele tinha na perna. E então, pareceu-lhe odioso distrair aquela mulher dos seus doentes. De resto um momento como aquele no moinho não voltaria. Seria absurdo ficar ali, naquele canto odioso da província, desmoralizando, a frio, uma boa mãe... A venda da fazenda estava concluída. Por isso, no dia seguinte, apareceu de tarde, a dizer-lhe adeus: partia à noitinha na diligência: encontrou-a na sala, à janela costumada, com a pequenada doente aninhada contra as suas saias... Ouviu que ele partia, sem lhe mudar a cor, sem lhe arfar o peito. Mas Adrião achou-lhe a palma da mão tão fria como um mármore: e quando ele saiu, Maria da Piedade ficou voltada para a janela, escondendo a face dos pequenos, olhando abstratamente a paisagem que escurecia, com as lágrimas, quatro a quatro, caindo-lhe na costura...

Amava-o. Desde os primeiros dias, a sua figura resoluta e forte, os seus olhos luzidios, toda a virilidade da sua pessoa, se lhe tinham apossado da imaginação. O que a encantava nele não era o seu talento, nem a sua celebridade em Lisboa, nem as mulheres que o tinham amado: isso para ela aparecia-lhe vago e pouco compreensível: o que a fascinava era aquela seriedade, aquele ar honesto e são, aquela robustez de vida, aquela voz tão suave e tão rica: e antevia, para além da sua existência ligada a um inválido, outras existências possíveis, em que se não vê sempre diante dos olhos uma face fraca e moribunda, em que as noites se não passam a esperar as horas dos remédios... Era como uma rajada de ar impregnado de todas as forças vivas da natureza, que atravessava, subitamente, a sua alcova abafada: e ela respirava-a deliciosamente... Depois, tinha ouvido aquelas conversas em que ele se mostrava tão bom, tão sério, tão delicado: e à força do seu corpo, que admirava, juntava-se agora um coração terno, duma ternura varonil e forte, para a cativar... Este amor latente invadiu-a, apoderou-se dela uma noite em que lhe apareceu esta ideia, esta visão: — *Se ele fosse meu marido!* Toda ela estremeceu, apertou desesperadamente os braços contra o peito, como confundindo-se com a sua imagem evocada, prendendo-se a ela, refugiando-se na sua força... Depois ele deu-lhe aquele beijo no moinho.

E partira!

Então começou para Maria da Piedade uma existência de abandonada. Tudo de repente em volta dela — a doença do marido, achaques dos filhos, tristezas do seu dia, a sua costura — lhe pareceu lúgubre. Os seus deveres, agora que não punha neles toda a sua alma, eram-lhe pesados como fardos injustos. A sua vida representava-se-lhe como desgraça excepcional: não se revoltava ainda: mas tinha desses abatimentos, dessas súbitas fadigas de todo o seu ser, em que caía sobre a cadeira, com os braços pendentes, murmurando:

— Quando se acabará isto?

Refugiava-se então naquele amor como uma compensação deliciosa. Julgando-o todo puro, todo de alma, deixava-se penetrar dele e da sua lenta influência. Adrião tornara-se, na sua imaginação, como um ser de proporções extraordinárias, tudo o que é forte, o que é belo, e que dá razão à vida. Não quis que nada do que era dele ou vinha dele lhe fosse alheio. Leu todos os seus livros, sobretudo aquela *Madalena* que também amara, e morrera dum abandono. Estas leituras calmavam-na, davam-lhe como uma vaga satisfação ao desejo. Chorando as dores das heroínas de romance, parecia sentir alívio às suas.

Lentamente, esta necessidade de encher a imaginação desses lances de amor, de dramas infelizes, apoderou-se dela. Foi durante meses um devorar constante de romances. Ia-se assim criando no seu espírito um mundo artificial e idealizado. A realidade

CIVILIZAÇÃO E OUTROS CONTOS — 49

tornava-se-lhe odiosa, sobretudo sob aquele aspecto da sua casa, onde encontrava sempre agarrado às saias um ser enfermo. Vieram as primeiras revoltas. Tornou-se impaciente e áspera. Não suportava ser arrancada aos episódios sentimentais do seu livro, para ir ajudar a voltar o marido e sentir-lhe o hálito mau. Veio-lhe o nojo das garrafadas, dos emplastros, das feridas dos pequenos a lavar. Começou a ler versos. Passava horas só, num mutismo, à janela, tendo sob o seu olhar de virgem loura toda a rebelião duma apaixonada. Acreditava nos amantes que escalam os balcões, entre o canto dos rouxinóis: e queria ser amada assim, possuída num mistério de noite romântica...

O seu amor desprendeu-se pouco a pouco da imagem de Adrião e alargou-se, estendeu-se a um ser vago que era feito de tudo o que a encantara nos heróis de novela: era um ente meio príncipe e meio facínora, que tinha, sobretudo, a força. Porque era isto que admirava, que queria, porque ansiava nas noites cálidas em que não podia dormir — dois braços fortes como aço, que a apertassem num abraço mortal, dois lábios de fogo que, num beijo, lhe chupassem a alma. Estava uma histérica.

Às vezes, ao pé do leito do marido, vendo diante de si aquele corpo de tísico, numa imobilidade de entrevado, vinha-lhe um ódio torpe, um desejo de lhe apressar a morte...

E no meio desta excitação mórbida do temperamento irritado, eram fraquezas súbitas, sustos de ave que pousa, um grito ao ouvir bater uma porta, uma palidez de desmaio se havia na sala flores muito cheirosas... À noite abafava; abria a janela; mas o cálido ar, o bafo morno da terra aquecida do sol, enchiam-na dum desejo intenso, duma ânsia voluptuosa, cortada de crises de choro...

A Santa tornava-se Vênus.

E o romantismo mórbido tinha penetrado tanto naquele ser, e desmoralizara-o tão profundamente, que chegou ao momento em que bastaria que um homem lhe tocasse, para ela lhe cair nos braços — e foi o que sucedeu enfim, com o primeiro que a namorou, daí a dois anos. Era o praticante da botica.

Por causa dele escandalizou toda a vila. E agora, deixa a casa numa desordem, os filhos sujos e ramelosos, em farrapos, sem comer até altas horas, o marido a gemer abandonado na sua alcova, toda a trapagem dos emplastros por cima das cadeiras, tudo num desamparo torpe — para andar atrás do homem, um maganão odioso e sebento, de cara balofa e gordalhufa, luneta preta com grossa fita passada atrás da orelha, e bonezinho de seda posto à catita. Vem de noite às entrevistas de chinelo de ourelo: cheira a suor: e pede-lhe dinheiro emprestado para sustentar uma Joana, criatura obesa, a quem chamam na vila a *bola de unto*.

CIVILIZAÇÃO

I

Eu possuo preciosamente um amigo (o seu nome é Jacinto) que nasceu num palácio, com quarenta contos de renda em pingues terras de pão, azeite e gado.

Desde o berço onde sua mãe, senhora gorda e crédula de Trás-os-Montes, espalhava, para reter as fadas benéficas, funcho e âmbar, Jacinto fora sempre mais resistente e são que um pinheiro das dunas. Um lindo rio, murmuroso e transparente, com um leito muito liso de areia muito branca, refletindo apenas pedaços lustrosos de um céu de Verão ou ramagens sempre verdes e de bom aroma, não ofereceria, àquele que o descesse numa barca cheia de almofadas e de champanhe gelado, mais doçura e facilidades do que a vida oferecia ao meu camarada Jacinto. Não teve sarampo e não teve lombrigas. Nunca padeceu, mesmo na idade em que se lê Balzac[1] e Musset[2], os tormentos da sensibilidade. Nas suas amizades foi sempre tão feliz como o clássico Orestes. Do Amor só experimentara o mel — esse mel que o amor invariavelmente concede a quem o pratica, como as abelhas, com ligeireza e mobilidade. Ambição, sentira somente a de compreender bem as ideias gerais, e a "ponta do seu intelecto" (como diz o velho cronista medieval) não estava ainda romba nem ferrugenta... E todavia, desde os vinte e oito anos, Jacinto já se vinha repastando de Schopenhauer[3], do *Eclesiastes*[4], de outros pessimistas menores, e três, quatro vezes por dia, bocejava, com um bocejo cavo e lento, passando os dedos finos sobre as faces, como se nelas só palpasse palidez e ruína. Por quê?

Era ele, de todos os homens que conheci, o mais complexamente civilizado — ou antes aquele que se munira da mais vasta soma de civilização material, ornamental e intelectual. Nesse palácio (floridamente chamado o *Jasmineiro*) que seu pai, também Jacinto, construíra sobre uma honesta casa do século XVII, assoalhada a pinho e branqueada a cal — existia, creio eu, tudo quanto para bem do espírito ou da matéria os homens têm criado, através da incerteza e dor, desde que abandonaram o vale feliz de Septa-Sindu, a Terra das Águas Fáceis, o doce país ariano. A biblioteca, que em duas salas, amplas e claras como praças, forrava as paredes, inteiramente, desde os tapetes de Caramânia até ao teto de onde, alternadamente, através de cristais, o sol e a eletricidade vertiam uma luz estudiosa e calma — continha vinte e cinco mil volumes, instalados em ébano, magnificamente revestidos de marroquim escarlate. Só sistemas filosóficos (e com justa prudência, para poupar espaço, o bibliotecário apenas colecionara os que irreconciliavelmente se contradizem) havia mil oitocentos e dezessete!

---

[1] *Balzac* (1799-1850): romancista francês.
[2] *Musset* (1810-1857): poeta romântico francês.
[3] *Schopenhauer* (1788-1860): filósofo alemão.
[4] *Eclesiastes*: um dos livros da Bíblia.

CIVILIZAÇÃO E OUTROS CONTOS **51**

Uma tarde, que eu desejava copiar um ditame de Adam Smith, percorri, buscando este economista ao longo das estantes, oito metros de economia política! Assim se achava formidavelmente abastecido o meu amigo Jacinto de todas as obras essenciais da inteligência — e mesmo da estupidez. E o único inconveniente deste monumental armazém do saber era que todo aquele que lá penetrava inevitavelmente lá adormecia, por causa das poltronas, que providas de finas pranchas móveis para sustentar o livro, o charuto, o lápis das notas, a taça de café, ofereciam ainda uma combinação oscilante e flácida de almofadas, onde o corpo encontrava logo, para mal do espírito, a doçura, a profundidade e a paz estirada dum leito.

Ao fundo, e como um altar-mor, era o gabinete de trabalho de Jacinto. A sua cadeira, grave e abacial, de couro, com brasões, datava do século XIV, e em torno dela pendiam numerosos tubos acústicos, que, sobre os panejamentos de seda cor de musgo e cor de hera, pareciam serpentes adormecidas e suspensas num velho muro de quinta. Nunca recordo sem assombro a sua mesa, recoberta toda de sagazes e sutis instrumentos para cortar papel, numerar páginas, colar estampilhas, aguçar lápis, raspar emendas, imprimir datas, derreter lacre, cintar documentos, carimbar contas! Uns de níquel, outros de aço, rebrilhantes e frios, todos eram de um manejo laborioso e lento: alguns, com as molas rígidas, as pontas vivas, trilhavam e feriam: e nas largas folhas de papel Whatman em que ele escrevia, e que custavam 500 réis, eu por vezes surpreendi gotas de sangue do meu amigo. Mas a todos ele considerava indispensáveis para compor as suas cartas (Jacinto não compunha obras) assim como os trinta e cinco dicionários, e os manuais, e as enciclopédias, e os guias, e os diretórios, atulhando uma estante isolada, esguia, em forma de torre, que silenciosamente girava sobre o seu pedestal, e que eu denominara *o Farol*. O que, porém, mais completamente imprimia àquele gabinete um portentoso caráter de civilização eram, sobre as suas peanhas de carvalho, os grandes aparelhos, facilitadores do pensamento — a máquina de escrever, os autocopistas, o telégrafo Morse, o fonógrafo, o telefone, o teatrofone, outros ainda, todos com metais luzidios, todos com longos fios. Constantemente sons curtos e secos retiniam no ar morno daquele santuário. Tique, tique, tique! Dlim, dlim, dlim! Craque, craque, craque! Trrre, trrre, trrre!... Era o meu amigo comunicando. Todos esses fios mergulhados em forças universais transmitiam forças universais. E elas nem sempre, desgraçadamente, se conservavam domadas e disciplinadas! Jacinto recolhera no fonógrafo a voz do conselheiro Pinto Porto, uma voz oracular e rotunda, no momento de exclamar com respeito, com autoridade:

— *Maravilhosa invenção! Quem não admirará os progressos deste século?*

Pois, numa doce noite de S. João, o meu supercivilizado amigo, desejando que umas senhoras parentas de Pinto Porto (as amáveis Gouveias) admirassem o fonógrafo, fez romper do bocarrão do aparelho, que parece uma trompa, a conhecida voz rotunda e oracular:

— *Quem não admirará os progressos deste século?*

Mas, inábil ou brusco, certamente desconsertou alguma mola vital — porque de repente o fonógrafo começa a redizer, sem descontinuação, interminavelmente, com uma sonoridade cada vez mais rotunda, a sentença do conselheiro:

— *Quem não admirará os progressos deste século?*

Debalde Jacinto, pálido, com os dedos trêmulos, torturava o aparelho. A exclamação recomeçava, rolava, oracular e majestosa:

EÇA DE QUEIRÓS

— *Quem não admirará os progressos deste século?*

Enervados, retiramos para uma sala distante, pesadamente revestida de panos de Arrás. Em vão! A voz de Pinto Porto lá estava, entre os panos de Arrás, implacável e rotunda:

— *Quem não admirará os progressos deste século?*

Furiosos, enterramos uma almofada na boca do fonógrafo, atiramos por cima mantas, cobertores espessos, para sufocar a voz abominável. Em vão! Sob a mordaça, sob as grossas lãs, a voz rouquejava, surda mas oracular:

— *Quem não admirará os progressos deste século?*

As amáveis Gouveias tinham abalado, apertando desesperadamente os xales sobre a cabeça. Mesmo à cozinha, onde nos refugiamos, a voz descia, engasgada e gosmosa:

— *Quem não admirará os progressos deste século?*

Fugimos espavoridos para a rua[5].

Era de madrugada. Um fresco bando de raparigas, de volta das fontes, passava cantando com braçados de flores:

> *Todas as ervas são bentas*
> *Em manhã de S. João...*

Jacinto, respirando o ar matinal, limpava as bagas lentas do suor. Recolhemos ao *Jasmineiro*, com o Sol já alto, já quente. Muito de manso abrimos as portas, como no receio de despertar *alguém*. Horror! Logo da antecâmara percebemos sons estrangulados, roufenhos: "*admirará... progressos... século?*" Só de tarde um eletricista pôde emudecer aquele fonógrafo horrendo.

Bem mais aprazível (para mim) do que esse gabinete temerosamente atulhado de civilização — era a sala de jantar, pelo seu arranjo compreensível, fácil e íntimo. À mesa só cabiam seis amigos que Jacinto escolhia com critério na literatura, na arte e na metafísica, e que, entre as tapeçarias de Arrás[6], representando colinas, pomares e portos da Ática[7], cheias de classicismo e de luz, renovavam ali repetidamente banquetes que, pela sua intelectualidade, lembravam os de Platão[8]. Cada garfada se cruzava com um pensamento ou com palavras destramente arranjadas em forma de pensamento.

E a cada talher correspondiam seis garfos, todos de feitios dessemelhantes e astuciosos: — um para as ostras, outro para o peixe, outro para as carnes, outro para os legumes, outro para a fruta, outro para o queijo. Os copos, pela diversidade dos contornos e das cores, faziam, sobre a toalha mais reluzente que esmalte, como ramalhetes silvestres espalhados por cima de neve. Mas Jacinto e os seus filósofos, lembrando o

---

5 A comicidade do fato introduz uma nota de crítica sarcástica dos "progressos" modernos.
6 *Arrás*: cidade francesa famosa por sua indústria têxtil.
7 *Ática*: península da Grécia onde se encontra Atenas.
8 *Platão* (428-548 a.C.): famoso filósofo grego.

CIVILIZAÇÃO E OUTROS CONTOS 53

que o experiente Salomão[9] ensina sobre as ruínas e amarguras do vinho, bebiam apenas em três gotas de água uma gota de bordéus (Chateaubriand, 1860). Assim o recomendam — Hesíodo[10] no seu *Nereu*, e Diocles nas suas *Abelhas*. E de águas havia sempre no *Jasmineiro* um luxo redundante — águas geladas, águas carbonatadas, águas esterilizadas, águas gasosas, águas de sais, águas minerais, outras ainda, em garrafas sérias, com tratados terapêuticos impressos no rótulo... O cozinheiro, mestre Sardão, era daqueles que Anaxágoras[11] equiparava aos retóricos, aos oradores, a todos os que sabem a arte divina de "temperar e servir a Ideia": e em Síbaris[12], cidade do viver excelente, os magistrados teriam votado a mestre Sardão, pelas festas de Juno Lacínia[13], a coroa de folhas de louro e a túnica milésia que se devia aos benfeitores cívicos. A sua sopa de alcachofras e ovas de carpa; os seus filetes de veado macerados em velho madeira com *purée* de nozes; as suas amoras geladas em éter, outros acepipes ainda, numerosos e profundos (e os únicos que tolerava o meu Jacinto), eram obras de um artista, superior pela abundância das ideias novas — e juntavam sempre a raridade do sabor à magnificência da forma. Tal prato desse mestre incomparável parecia, pela ornamentação, pela graça florida dos lavores, pelo arranjo dos coloridos frescos e cantantes, uma joia esmaltada do cinzel de Cellini[14] ou Meurice. Quantas tardes eu desejei fotografar aquelas composições de excelente fantasia, antes que o trinchante as retalhasse! E esta superfinidade do comer condizia deliciosamente com a do servir. Por sobre um tapete, mais fofo e mole que o musgo da floresta da Brocelianda, deslizavam, como sombras fardadas de branco, cinco criados e um pajem preto, à maneira vistosa do século XVIII. As travessas (de prata) subiam da cozinha e da copa por dois ascensores, um para as iguarias quentes, forrado de tubos onde a água fervia; outro, mais lento, para as iguarias frias, forrado de zinco, amônia e sal, e ambos escondidos por flores tão densas e viçosas, que era como se até a sopa saísse fumegando dos românticos jardins de Armida. E muito bem me lembro de um domingo de Maio em que, jantando com Jacinto um bispo, o erudito bispo de Corazim, o peixe emperrou no meio do ascensor, sendo necessário que acudissem, para o extrair, pedreiros com alavancas.

II

Nas tardes em que havia "banquete de Platão" (que assim denominávamos essas festas de trufas e ideias gerais), eu, vizinho e íntimo, aparecia ao declinar do Sol, e subia familiarmente aos quartos do nosso Jacinto — onde o encontrava sempre incerto entre as suas casacas, porque as usava alternadamente de seda, de pano, de flanelas Jaegher, e de

---

9   *Salomão*: rei de Israel de 970 a 931 a.C. Observe que esta e as próximas referências históricas exageram os elogios e dão ao texto um tom bastante irônico, aproximando-o da sátira.
10 *Hesíodo*: célebre poeta grego do século VIII a.C.
11 *Anaxágoras* (500-428 a.C.): filósofo grego.
12 *Síbaris*: antiga cidade da Itália, colônia grega.
13 *Juno Lacínia*: divindade romana.
14 *Cellini* (1500-1571): escultor e ourives italiano.

foulard das Índias. O quarto respirava o frescor e aroma do jardim por duas vastas janelas, providas magnificamente (além das cortinas de seda mole Luís XV) duma vidraça exterior de cristal inteiro, duma vidraça interior de cristais miúdos, dum toldo rolando na cimalha, dum estore de sedinha frouxa, de gazes que franziam e se enrolavam como nuvens, e duma gelosia móvel de gradaria mourisca. Todos estes resguardos (sábia invenção de Holland & Cia., de Londres) serviam a graduar a luz e o ar — segundo os avisos de termômetros, barômetros e higrômetros, montados em ébano, e a que um meteorologista (Cunha Guedes) vinha, todas as semanas, verificar a precisão.

Entre estas duas varandas rebrilhava a mesa de *toilette*, uma mesa enorme de vidro, toda de vidro, para a tornar impenetrável aos micróbios, e coberta de todos esses utensílios de asseio e alinho que o homem do século XIX necessita numa capital, para não desfear o conjunto sumptuário da civilização. Quando o nosso Jacinto, arrastando as suas engenhosas chinelas de pelica e seda, se acercava desta ara — eu, bem aconchegado num divã, abria com indolência uma Revista, ordinariamente a *Revista Eletropática*, ou a das *Indagações Psíquicas*. E Jacinto começava... Cada um desses utensílios de aço, de marfim, de prata, impunham ao meu amigo, pela influência onipoderosa que as coisas exercem sobre o dono (*sunt tyranniae rerum*), o dever de o utilizar com aptidão e deferência. E assim as operações do alindamento de Jacinto apresentavam a prolixidade, reverente e insuprimível, dos ritos dum sacrifício.

Começava pelo cabelo... Com uma escova chata, redonda e dura, acamava o cabelo, corredio e louro, no alto, aos lados da risca; com uma escova estreita e recurva, à maneira do alfanje dum persa ondeava o cabelo sobre a orelha; com uma escova côncava, em forma de telha, empastava o cabelo, por trás, sobre a nuca... Respirava e sorria. Depois, com uma escova de longas cerdas, fixava o bigode; com uma escova leve e flácida acurvava as sobrancelhas; com uma escova feita de penugem regularizava as pestanas. E deste modo Jacinto ficava diante do espelho, passando pelos sobre o seu pelo, durante catorze minutos.

Penteado e cansado, ia purificar as mãos. Dois criados, ao fundo, manobravam com perícia e vigor os aparelhos do lavatório — que era apenas um resumo dos maquinismos monumentais da sala de banho. Ali, sobre o mármore verde e róseo do lavatório, havia apenas dois duches (quente e frio) para a cabeça; quatro jatos, graduados desde *zero até cem graus*; o vaporizador de perfumes; a fonte de água esterilizada (para os dentes); o repuxo para a barba; e ainda torneiras que rebrilhavam e botões de ébano que, de leve roçados, desencadeavam o marulho e o estridor de torrentes nos Alpes... Nunca eu, para molhar os dedos, me cheguei àquele lavatório sem terror — escarmentado da tarde amarga de Janeiro em que bruscamente, dessoldada a torneira, o jato de água a *cem graus* rebentou, silvando e fumegando, furioso, devastador... Fugimos todos, espavoridos. Um clamor atroou o *Jasmineiro*. O velho Grilo, escudeiro que fora do Jacinto pai, ficou coberto de empolas na face, nas mãos fiéis[15].

---

15 Outro episódio cômico que reforça o tom de sarcasmo do narrador diante das "maravilhas" da civilização moderna. Esse tom vai acentuar-se ao longo da história.

CIVILIZAÇÃO E OUTROS CONTOS   55

Quando Jacinto acabava de se enxugar laboriosamente a toalhas de felpo, de linho, de corda entrançada (para restabelecer a circulação), de seda frouxa (para lustrar a pele) bocejava, com um bocejo cavo e lento.

E era este bocejo, perpétuo e vago, que nos inquietava a nós, seus amigos e filósofos. Que faltava a este homem excelente? Ele tinha a sua inabalável saúde de pinheiro bravo, crescido nas dunas; uma luz da inteligência, própria a tudo alumiar, firme e clara sem tremor ou morrão; quarenta magníficos contos de renda; todas as simpatias duma cidade chasqueadora e cética; uma vida varrida de sombras, mais liberta e lisa do que um céu de Verão... E todavia bocejava constantemente, palpava a face, com os dedos finos, a palidez e as rugas. Aos trinta anos Jacinto corcovava, como sob um fardo injusto! E pela morosidade desconsolada de toda a sua ação parecia ligado, desde os dedos até à vontade, pelas malhas apertadas duma rede que se não via e que o travava. Era doloroso testemunhar o fastio com que ele, para apontar um endereço, tomava o seu lápis pneumático, a sua pena elétrica — ou, para avisar o cocheiro, apanhava o tubo telefônico!... Neste mover lento do braço magro, nos vincos que lhe arrepanhavam o nariz, mesmo nos seus silêncios, longos e derreados, se sentia o brado constante que lhe ia na alma: — *Que maçada! Que maçada!* Claramente a vida era para Jacinto um cansaço — ou por laboriosa e difícil, ou por desinteressante e oca. Por isso o meu pobre amigo procurava constantemente juntar à sua vida novos interesses, novas facilidades. Dois inventores, homens de muito zelo e pesquisa, estavam encarregados, um em Inglaterra, outro na América, de lhe noticiar e de lhe fornecer todas as invenções, as mais miúdas, que concorressem a aperfeiçoar a confortabilidade do *Jasmineiro*. De resto, ele próprio se correspondia com Edison[16]. E, pelo lado do pensamento, Jacinto não cessava também de buscar interesses e emoções que o reconciliassem com a vida — penetrando à cata dessas emoções e desses interesses pelas veredas mais desviadas do saber, a ponto de devorar, desde Janeiro a Março, setenta e sete volumes sobre a *evolução das ideias morais entre as raças negroides*. Ah! Nunca homem deste século batalhou mais esforçadamente contra a seca[17] *de viver!* Debalde! Mesmo de explorações tão cativantes como essa, através da moral dos negroides, Jacinto regressava mais murcho, com bocejos mais cavos!

E era então que ele se refugiava intensamente na leitura de Schopenhauer e do *Eclesiastes*. Por quê? Sem dúvida porque ambos esses pessimistas o confirmavam nas conclusões que ele tirava de uma experiência paciente e rigorosa: "Que tudo é vaidade ou dor que, quanto mais se sabe, mais se pena, e que ter sido rei de Jerusalém e obtido os gozos todos na vida só leva a maior amargura...". Mas por que rolara assim a tão escura desilusão — o saudável, rico, sereno e intelectual Jacinto? O velho escudeiro Grilo pretendia que "sua excelência sofria de fartura!"

---

16 *Edison* (1847-1931): famoso inventor norte-americano.
17 *Seca*, nessa passagem, significa *chateação, maçada*.

III

Ora justamente depois desse Inverno, em que ele se embrenhara na moral dos negroides e instalara a luz elétrica entre os arvoredos do jardim, sucedeu que Jacinto teve a necessidade moral iniludível de partir para o Norte, para o seu velho solar de Torges. Jacinto não conhecia Torges, e foi com desusado tédio que ele se preparou, durante sete semanas, para essa jornada agreste. A quinta fica nas serras — e a rude casa solarenga, onde ainda resta uma torre do século XV, estava ocupada, havia trinta anos, pelos caseiros, boa gente de trabalho, que comia o seu caldo entre a fumaraça da lareira, e estendia o trigo a secar nas salas senhoriais.

Jacinto, logo nos começos de Março, escrevera cuidadosamente ao seu procurador Sousa, que habitava a aldeia de Torges, ordenando-lhe que compusesse os telhados, caiasse os muros, envidraçasse as janelas. Depois mandou expedir, por comboios rápidos, em caixotes que transpunham a custo os portões do *Jasmineiro*, todos os confortos necessários a duas semanas de montanha — camas de penas, poltronas, divãs, lâmpadas de Carcel, banheiras de níquel, tubos acústicos para chamar os escudeiros, tapetes persas para amaciar os soalhos. Um dos cocheiros partiu com um cupê, uma vitória, um breque, mulas, guizos.

Depois foi o cozinheiro, com a bateria, a garrafeira, a geleira, bacias de trufas, caixas profundas de águas minerais. Desde o amanhecer, nos pátios largos do palacete, se pregava, se martelava, como na construção de uma cidade. E as bagagens, desfilando, lembravam uma página de Heródoto[18] ao narrar a invasão persa. Jacinto emagrecera com os cuidados daquele êxodo. Por fim, largamos numa manhã de Junho, com o Grilo, e trinta e sete malas.

Eu acompanhava Jacinto, no meu caminho para Guiães, onde vive minha tia, a uma légua farta de Torges: e íamos num vagão reservado, entre vastas almofadas, com perdizes e champanhe num cesto. A meio da jornada devíamos mudar de comboio — nessa estação que tem um nome sonoro em *ola* e um tão suave e cândido jardim de roseiras brancas. Era domingo de imensa poeira e sol — e encontramos aí, enchendo a plataforma estreita, todo um povaréu festivo que vinha da romaria de S. Gregório da Serra.

Para aquele trasbordo, em tarde de arraial, o horário só nos concedia três minutos avaros. O outro comboio já esperava, rente aos alpendres, impaciente e silvando. Uma sineta badalava com furor. E, sem mesmo atender às lindas moças que ali saracoteavam, aos bandos, afogueadas, de lenços flamejantes, o seio farto coberto de ouro, e a imagem do santo espetada no chapéu — corremos, empurramos, furamos, saltamos para o outro vagão já reservado, marcado por um cartão com as iniciais de Jacinto. Imediatamente o trem rolou. Pensei então no nosso Grilo, nas trinta e sete malas! E debruçado da portinho-

---

18 *Heródoto* (484-420 a.C.): famoso historiador grego. Mais uma vez, observe o tom irônico e sarcástico com que é narrada a preparação da viagem.

CIVILIZAÇÃO E OUTROS CONTOS   57

la avistei ainda junto ao cunhal da estação, sob os eucaliptos, um monte de bagagens, e homens de boné agaloado que, diante delas, bracejavam com desespero.

Murmurei, recaindo nas almofadas:

— Que serviço!

Jacinto, ao canto, sem descerrar os olhos, suspirou:

— Que maçada!

Toda uma hora deslizamos lentamente entre trigais e vinhedo; e ainda o sol batia nas vidraças, quente e poeirento, quando chegamos à estação de Gondim, onde o procurador de Jacinto, o excelente Sousa, nos devia esperar com cavalos para treparmos a serra até ao solar de Torges. Por trás do jardim da estação, todo florido também de rosas e margaridas, Jacinto reconheceu logo as suas carruagens ainda empacotadas em lona.

Mas quando nos apeamos no pequeno cais branco e fresco — só houve em torno de nós solidão e silêncio... Nem procurador, nem cavalos! O chefe da estação, a quem eu perguntara com ansiedade "se não aparecera ali o Sr. Sousa, se não conhecia o Sr. Sousa", tirou afavelmente o seu boné de galão. Era um moço gordo e redondo, com cores de maçã camoesa, que trazia sob o braço um volume de versos. "Conhecia perfeitamente o Sr. Sousa! Três semanas antes jogara ele a manilha com o Sr. Sousa! Nessa tarde, porém, infelizmente, não avistara o Sr. Sousa!" O comboio desaparecera por detrás das fragas altas que ali pendem sobre o rio. Um carregador enrolava o cigarro, assobiando. Rente da grade do jardim, uma velha, toda de negro, dormitava agachada no chão, diante duma cesta de ovos. E o nosso Grilo, e as nossas bagagens?... O chefe encolheu risonhamente os ombros nédios. Todos os nossos bens tinham encalhado, decerto, naquela estação de roseiras brancas que tem um nome sonoro em *ola*. E nós ali estávamos, perdidos na serra agreste, sem procurador, sem cavalos, sem Grilo, sem malas.

Para que esfiar miudamente o lance lamentável? Ao pé da estação, numa quebrada da serra, havia um casal foreiro à quinta, onde alcançamos, para nos levarem e nos guiarem a Torges, uma égua lazarenta, um jumento branco, um rapaz e um podengo. E aí começamos a trepar, enfastiadamente, esses caminhos agrestes — os mesmos, decerto, por onde vinham e iam de monte a rio, os Jacintos do século XV. Mas, passada uma trêmula ponte de pau que galga um ribeiro todo quebrado por fragas (e onde abunda a truta adorável) os nossos males esqueceram, ante a inesperada, incomparável beleza daquela serra bendita. O divino artista que está nos Céus compusera, certamente, esse monte numa das suas manhãs de mais solene e bucólica inspiração.

A grandeza era tanta como a graça... Dizer os vales fofos de verdura, os bosques quase sacros, os pomares cheirosos e em flor, a frescura das águas cantantes, as ermidinhas branqueando nos altos, as rochas musgosas, o ar de uma doçura de paraíso, toda a majestade e toda a lindeza — não é para mim, homem de pequena arte. Nem creio mesmo que fosse para mestre Horácio[19]. Quem pode dizer a beleza das coisas, tão simples e inexprimível? Jacinto, adiante, na égua tarda, murmurava:

---

19 *Horácio* (65-8 a.C.): poeta latino.

— Ah! Que beleza!

Eu atrás, no burro, com as pernas bambas, murmurava:

— Ah! Que beleza!

Os espertos regatos riam, saltando de rocha em rocha. Finos ramos de arbustos floridos roçavam as nossas faces, com familiaridade e carinho. Muito tempo um melro nos seguiu, de choupo para castanheiro, assobiando os nossos louvores. Serra bem acolhedora e amável... Ah! Que beleza!

Por entre *ahs* maravilhados chegamos a uma avenida de faias, que nos pareceu clássica e nobre. Atirando uma nova vergastada ao burro e à égua, o nosso rapaz, com o seu podengo ao lado, gritava:

— Aqui é que *estemos*!

E ao fundo das faias havia, com efeito, um portão de quinta, que um escudo de armas de velha pedra, roída de musgo, grandemente afidalgava. Dentro já os cães ladravam com furor. E mal Jacinto, e eu atrás dele no burro de Sancho, transpusemos o limiar solarengo, correu para nós, do alto da escadaria, um homem branco, rapado como um clérigo, sem colete, sem jaleca, que erguia para o ar, num assombro, os braços desolados. Era o caseiro, o Zé Brás. E logo ali, nas pedras do pátio, entre o latir dos cães, surdiu uma tumultuosa história, que o pobre Brás balbuciava, aturdido, e que enchia a face de Jacinto de lividez e de cólera. O caseiro não esperava S. Ex.ª Ninguém esperava S. Ex.ª (ele dizia *sua incelência*).

O procurador, o Sr. Sousa, estava para a raia desde Maio, a tratar a mãe que levara um coice de mula. E decerto houvera engano, cartas perdidas... Porque o Sr. Sousa só contava com S. Ex.ª... em Setembro, para a vindima. Na casa nenhuma obra começara. E, infelizmente para S. Ex.ª, os telhados ainda estavam sem telhas, e as janelas sem vidraças...

Cruzei os braços, num justo espanto. Mas os caixotes — esses caixotes remetidos para Torges, com tanta prudência, em Abril, repletos de colchões, de regalos, de civilização?... O caseiro, vago, sem compreender, arregalava os olhos miúdos onde já bailavam lágrimas. Os caixotes?! Nada chegara, nada aparecera. E na sua perturbação o Zé Brás procurava entre as arcadas do pátio, nas algibeiras das pantalonas... Os caixotes? Não, não tinha os caixotes!

Foi então que o cocheiro de Jacinto (que trouxera os cavalos e as carruagens) se acercou, gravemente. Esse era um civilizado — e acusou logo o Governo. Já quando ele servia o sr. visconde de S. Francisco se tinham assim perdido, por desleixo do Governo, da cidade para a serra, dois caixotes com vinho velho da Madeira e roupa branca de senhora. Por isso ele, escarmentado, sem confiança na Nação, não largara as carruagens — e era tudo o que restava a S. Ex.ª: o breque, a vitória, o cupê e os guizos. Somente, naquela rude montanha não havia estradas onde elas rolassem. E como só podiam subir para a quinta em grandes carros de bois — ele lá as deixara embaixo, na estação, quietas, empacotadas na lona...

Jacinto ficara plantado diante de mim, com as mãos nos bolsos:

— E agora?

CIVILIZAÇÃO E OUTROS CONTOS **59**

Nada restava senão recolher, cear o caldo do tio Zé Brás, e dormir nas palhas que os fados nos concedessem. Subimos. A escadaria nobre conduzia a uma varanda, toda coberta, em alpendre, acompanhando a fachada do casarão e ornada, entre os seus grossos pilares de granito, por caixotes cheios de terra, em que floriam cravos. Colhi um cravo. Entramos. E o meu pobre Jacinto contemplou, enfim, as salas do seu solar! Eram enormes, com as altas paredes rebocadas a cal que o tempo e o abandono tinham enegrecido, e vazias, desoladamente nuas, oferecendo apenas como vestígio de habitação e de vida, pelos cantos, algum monte de cestos ou algum molho de enxadas. Nos tetos remotos de carvalho negro alvejavam manchas — que era o céu já pálido do fim da tarde, surpreendido através dos buracos do telhado. Não restava uma vidraça. Por vezes, sob os nossos passos, uma tábua podre rangia e cedia.

Paramos, enfim, na última, a mais vasta, onde havia duas arcas tulheiras para guardar o grão; e aí depusemos, melancolicamente, o que nos ficara de trinta e sete malas — os paletós alvadios, uma bengala e um *Jornal da Tarde*. Através das janelas desvidraçadas, por onde se avistavam copas de arvoredos e as serras azuis de além-rio, o ar entrava, montesino e largo, circulando plenamente como em um eirado, com aromas de pinheiro bravo. E, lá de baixo, dos vales, subia, desgarrada e triste, uma voz de pegureira cantando. Jacinto balbuciou:

— É horroroso!

Eu murmurei:

— É campestre!

IV

O Zé Brás, no entanto, com as mãos na cabeça, desaparecera a ordenar a ceia para *suas incelências*. O pobre Jacinto, esbarrondado pelo desastre, sem resistência contra aquele brusco desaparecimento de toda a civilização, caíra pesadamente sobre o poial duma janela, e dali olhava os montes. E eu, a quem aqueles ares serranos e o cantar do pegureiro sabiam bem, terminei por descer à cozinha, conduzido pelo cocheiro, através das escadas e becos, onde a escuridão vinha menos do crepúsculo do que de densas teias de aranha.

A cozinha era uma espessa massa de tons e formas negras, cor de fuligem, onde refulgia ao fundo, sobre o chão de terra, uma fogueira vermelha que lambia grossas panelas de ferro, e se perdia em fumarada pela grade escassa que no alto coava a luz. Aí um bando alvoroçado e palreiro de mulheres depenava frangos, batia ovos, escarolava arroz, com santo fervor... Do meio delas o bom caseiro, estonteado, investiu para mim jurando que "a ceia de *suas incelências* não demorava um credo". E como eu o interrogava a respeito de camas, o digno Brás teve um murmúrio vago e tímido sobre "enxergazinhas no chão".

— É o que basta, Sr. Zé Brás — acudi eu para o consolar.

— Pois assim Deus seja servido! — suspirou o homem excelente, que atravessava, nessa hora, o transe mais amargo da sua vida serrana.

60 EÇA DE QUEIRÓS

Voltando acima, com estas consolantes novas de ceia e cama, encontrei ainda o meu Jacinto no poial da janela, embebendo-se todo da doce paz crepuscular, que lenta e caladamente se estabelecia sobre vale e monte. No alto já tremeluzia uma estrela, a Vésper diamantina, que é tudo o que neste céu cristão resta do esplendor corporal de Vênus. Jacinto nunca considerara bem aquela estrela — nem assistira a este majestoso e doce adormecer das coisas. Esse enegrecimento de montes e arvoredos, casais claros fundindo-se na sombra, um toque dormente de sino que vinha pelas quebradas, o cochichar das águas entre relvas baixas — eram para ele como iniciações. Eu estava defronte, no outro poial. E senti-o suspirar como um homem que enfim descansa.

Assim nos encontrou nesta contemplação o Zé Brás, com o doce aviso de que estava na mesa a *ceiazinha*. Era adiante, noutra sala mais nua, mais negra. E aí, o meu supercivilizado Jacinto recuou com um pavor genuíno. Na mesa de pinho, recoberta com uma toalha de mãos, encostada à parede sórdida, uma vela de sebo, meio derretida num castiçal de latão, alumiava dois pratos de louça amarela, ladeados por colheres de pau e por garfos de ferro. Os copos, de vidro grosso e baço, conservavam o tom roxo do vinho que neles passara em fartos anos de fartas vindimas. O covilhete de barro com as azeitonas deleitaria, pela sua singeleza ática, o coração de Diógenes[20]. Na larga broa estava cravado um facalhão... Pobre Jacinto!

Mas lá abancou resignado, e muito tempo, pensativamente, esfregou com o seu lenço o garfo negro e a colher de pau. Depois, mudo, desconfiado, provou um gole curto do caldo, que era de galinha e recendia. Provou, e levantou para mim, seu companheiro e amigo, uns olhos largos que luziam, surpreendidos. Tornou a sorver uma colherada de caldo, mais cheia, mais lenta... E sorriu, murmurando com espanto:

— Está bom!

Estava realmente bom: tinha fígado e tinha moela: o seu perfume enternecia. Eu, três vezes, com energia, ataquei aquele caldo: foi Jacinto que rapou a sopeira. Mas já, arredando a broa, arredando a vela, o bom Zé Brás pousara na mesa uma travessa vidrada, que trasbordava de arroz com favas. Ora, apesar da fava (que os gregos chamaram *ciboria*) pertencer às épocas superiores da civilização, e promover tanto a sapiência que havia em Sício, na Galácia, um templo dedicado a Minerva Ciboriana — Jacinto sempre detestara favas. Tentou todavia uma garfada tímida. De novo os seus olhos, alargados pelo assombro, procuraram os meus. Outra garfada, outra concentração... E eis que o meu dificílimo amigo exclama:

— Está ótimo!

Eram os picantes ares da serra? Era a arte deliciosa daquelas mulheres que embaixo remexiam as panelas, cantando o *Vira, Meu Bem*? Não sei — mas os louvores de Jacinto a cada travessa foram ganhando em amplidão e firmeza. E diante do frango louro, assado no espeto de pau, terminou por bradar:

---

20 *Diógenes* (413-327 a.C.): filósofo grego que despregava a riqueza e as convenções sociais. Observe a ironia dessa referência a Diógenes.

CIVILIZAÇÃO E OUTROS CONTOS — 61

— Está divino!

Nada porém o entusiasmou como o vinho, o vinho caindo de alto, da grossa caneca verde, um vinho gostoso, penetrante, vivo, quente, que tinha em si mais alma que muito poema ou livro santo! Mirando à luz de sebo o copo rude que ele orlava de espuma, eu recordava o dia geórgico em que Virgílio, em casa de Horácio, sob a ramada, cantava o fresco palhete da Rética[21]. E Jacinto, com uma cor que eu nunca vira na sua palidez schopenhauérica, sussurrou logo o doce verso:

Rethica quo te carmina dicat.

Quem dignamente te cantará, vinho daquelas serras?!

Assim jantamos deliciosamente, sob os auspícios do Zé Brás. E depois voltamos para as alegrias únicas da casa, para as janelas desvidraçadas, a contemplar silenciosamente um suntuoso céu de Verão, tão cheio de estrelas que todo ele parecia uma densa poeirada de ouro vivo, suspensa, imóvel, por cima dos montes negros. Como eu observei ao meu Jacinto, na cidade nunca se olham os astros por causa dos candeeiros — que os ofuscam: e nunca se entra por isso numa completa comunhão com o universo. O homem nas capitais pertence à sua casa, ou, se o impelem fortes tendências de sociabilidade, ao seu bairro. Tudo o isola e o separa da restante natureza — os prédios obstrutores de seis andares, a fumaça das chaminés, o rolar amoroso e grosso dos ônibus, a trama encarceradora da vida urbana... Mas que diferença, num cimo de monte, como Torges! Aí todas essas belas estrelas olham para nós de perto, rebrilhando, à maneira de olhos conscientes, umas fixamente, com sublime indiferença, outras ansiosamente, com uma luz que palpita, uma luz que chama, como se tentassem revelar os seus segredos ou compreender os nossos... E é impossível não sentir uma solidariedade perfeita entre esses imensos mundos e os nossos pobres corpos. Todos somos obra da mesma vontade. Todos vivemos da ação dessa vontade imanente. Todos, portanto, desde os Úranos até aos Jacintos, constituímos modos diversos de um ser único, e através das suas transformações somamos na mesma unidade. Não há ideia mais consoladora do que esta — que eu, e tu, e aquele monte, e o Sol que, agora, se esconde, somos moléculas do mesmo Todo, governadas pela mesma Lei, rolando para o mesmo Fim. Desde logo se somem as responsabilidades torturantes do individualismo. Que somos nós? Formas sem força, que uma Força impele. E há um descanso delicioso nesta certeza, mesmo fugitiva, de que se é o grão de pó irresponsável e passivo que vai levado no grande vento, ou a gota perdida na torrente! Jacinto concordava, sumido na sombra. Nem ele nem eu sabíamos os nomes desses astros admiráveis. Eu, por causa da maciça e indesbastável ignorância de bacharel, com que saí do ventre de Coimbra, minha mãe espiritual. Jacinto, porque na sua ponderosa biblioteca

---

21 O narrador faz mais uma de suas observações irônicas, comparando o vinho da aldeia com o vinho palhete celebrado, um dia, pelo poeta latino Virgílio, na casa de Horácio, outro famoso poeta romano.

62 EÇA DE QUEIRÓS

tinha *trezentos e dezoito* tratados sobre astronomia! Mas que nos importava, de resto, que aquele astro além se chamasse Sírio e aquele outro Aldebarã? Que lhes importava a eles que um de nós fosse José e o outro Jacinto? Éramos formas transitórias do mesmo ser eterno — e em nós havia o mesmo Deus. E se eles também assim o compreendiam, estávamos ali, nós à janela num casarão serrano, eles no seu maravilhoso infinito, perfazendo um ato sacrossanto, um perfeito ato de Graça — que era sentir conscientemente a nossa unidade, e realizar, durante um instante, na consciência, a nossa divinização.

Assim enevoadamente filosofávamos — quando Zé Brás, com uma candeia na mão, veio avisar que "estavam preparadas as camas de *suas incelências...*". Da idealidade descemos gostosamente à realidade, e que vimos então nós, os irmãos dos astros? Em duas salas tenebrosas e côncavas, duas enxergas, postas no chão, a um canto, com duas cobertas de chita; à cabeceira um castiçal de latão, pousado sobre um alqueire: e aos pés, como lavatório, um alguidar vidrado em cima de uma cadeira de pau!

Em silêncio, o meu supercivilizado amigo palpou a sua enxerga e sentiu nela a rigidez dum granito. Depois, correndo pela face descaída os dedos murchos, considerou que, perdidas as suas malas, não tinha nem chinelas nem roupão! E foi ainda o Zé Brás que providenciou, trazendo ao pobre Jacinto, para ele desafogar os pés, uns tremendos tamancos de pau, e para ele embrulhar o corpo, docemente educado em Síbaris, uma camisa da caseira, enorme, de estopa mais áspera que estamenha de penitente, e com folhos crespos e duros como lavores em madeira... Para o consolar, lembrei que Platão[22], quando compunha o *Banquete*, Xenofonte[23], quando comandava os Dez Mil, dormiam em piores catres. As enxergas austeras fazem as fortes almas — e é só vestido de estamenha que se penetra no Paraíso.

— Tem você — murmurou o meu amigo, desatento e seco[24] — alguma coisa que eu leia?... Eu não posso adormecer sem ler!

Eu possuía apenas o número do *Jornal da Tarde*, que rasguei pelo meio, e partilhei com ele fraternalmente. E quem não viu então Jacinto, senhor de Torges, acaçapado à borda da enxerga, junto da vela que pingava sobre o alqueire, com os pés nus encafuados nos grossos socos, perdido dentro da camisa da patroa, toda em folhos, percorrendo na metade do *Jornal da Tarde*, com os olhos turvos, os anúncios dos paquetes — não pode saber o que é uma vigorosa e real imagem do desalento!

Assim o deixei — e daí a pouco, estendido na minha enxerga também espartana, subia, através dum sonho jovial e erudito, ao planeta Vênus, onde encontrava, entre os olmos e os ciprestes, num vergel, Platão e Zé Brás, em alta camaradagem intelectual, bebendo o vinho da Rética pelos copos de Torges! Travamos todos três bruscamente uma controvérsia sobre o século XIX. Ao longe, por entre uma floresta de roseiras mais altas que carvalhos, alvejavam os mármores duma cidade e ressoavam cantos sacros. Não

---

22 *Platão* (428-348 a.C.): filósofo grego.
23 *Xenofonte* (430-355 a.C.): 0historiador e general grego.
24 *Seco*: aborrecido.

CIVILIZAÇÃO E OUTROS CONTOS   63

recordo o que Xenofonte sustentou acerca da civilização e do fonógrafo. De repente tudo foi turbado por fuscas nuvens, através das quais eu distinguia Jacinto, fugindo num burro que ele impelia furiosamente com os calcanhares, com uma vergasta, com berros, para os lados do *Jasmineiro!*

V

Cedo, de madrugada, sem rumor, para não despertar Jacinto que, com as mãos sobre o peito, dormia placidamente no seu leito de granito — parti para Guiães. E durante três quietas semanas, naquela vila, onde se conservam os hábitos e as ideias do tempo de el- -rei D. Dinis[25], não soube do meu desconsolado amigo, que decerto fugira dos seus tetos esburacados e remergulhara na civilização. Depois, por uma abrasada manhã de Agosto, descendo de Guiães, de novo trilhei a avenida de faias, e entrei o portão solarengo de Torges, entre o furioso latir dos rafeiros. A mulher do Zé Brás apareceu alvoroçada à porta da tulha. E a sua nova foi logo que o Sr. D. Jacinto (em Torges, o meu amigo tinha dom) andava lá embaixo com o Sousa nos campos de Freixomil.

— Então, ainda cá está o Sr. D. Jacinto?!

Sua incelência ainda estava em Torges — e *sua incelência* ficava para a vindima!... Justamente eu reparava que as janelas do solar tinham vidraças novas; e a um canto do pátio pousavam baldes de cal; uma escada de pedreiro ficara arrimada contra a varanda; e num caixote aberto, ainda cheio de palha de empacotar, dormiam dois gatos.

— E o Grilo apareceu?

— O Sr. Grilo está no pomar, à sombra.

— Bem! E as malas?

— O Sr. D. Jacinto já tem o seu saquinho de couro...

Louvado Deus! O meu Jacinto estava, enfim, provido de civilização! Subi contente. Na sala nobre, onde o soalho fora composto e esfregado, encontrei uma mesa recoberta de oleado, prateleiras de pinho com louça branca de Barcelos e cadeira de palhinha, orlando as paredes muito caiadas que davam uma frescura de capela nova. Ao lado, noutra sala, também de faiscante alvura, havia o conforto inesperado de três cadeiras de verga da Madeira, com braços largos e almofadas de chita: sobre a mesa de pinho, o papel almaço, o candeeiro de azeite, as penas de pato espetadas num tinteiro de frade, pareciam preparadas para um estudo calmo e ditoso de humanidades: e na parede, suspensa de dois pregos, uma estantezinha continha quatro ou cinco livros, folheados e usados, o *D. Quixote*, um Virgílio, uma *História de Roma*, as *Crônicas* de Froissart. Adiante era certamente o quarto de D. Jacinto, um quarto claro e casto de estudante, com um catre de ferro, um lavatório de ferro, a roupa pendurada de cabides

---

25 *D. Dinis* (1261-1325): um dos primeiros reis de Portugal.

toscos. Tudo resplandecia de asseio e ordem. As janelas cerradas defendiam do sol de Agosto, que escaldava fora os peitoris de pedra. Do soalho, borrifado de água, subia uma fresquidão consoladora. Num velho vaso azul um molho de cravos alegrava e perfumava. Não havia um rumor. Torges dormia no esplendor da sesta. E envolvido naquele repouso de convento remoto, terminei por me estender numa cadeira de verga junto à mesa, abri languidamente o Virgílio, murmurando:

Fortunate Jacinthe! tu inter arva nota
Et fontes sacros frigus captabis opacum[26]

Já mesmo irreverentemente adormecera sobre o divino bucolista, quando me despertou um brado amigo. Era o nosso Jacinto. E imediatamente o comparei a uma planta, meio murcha e estiolada no escuro, que fora profusamente regada e revivera em pleno sol. Não corcovava. Sobre a sua palidez de supercivilizado, o ar da serra ou a reconciliação com a vida tinham espalhado um tom trigueiro e forte que o virilizava soberbamente. Dos olhos, que na cidade eu lhe conhecera sempre crepusculares, saltava agora um brilho de meio-dia, decidido e largo, que mergulhava francamente na beleza das coisas. Já não passava as mãos murchas sobre a face — batia com elas rijamente na coxa... Que sei eu?! Era uma reencarnação. E tudo o que me contou, pisando alegremente com os sapatos brancos o soalho, foi que se sentira, ao fim de três dias em Torges, como desanuviado, mandara comprar um colchão macio, reunira cinco livros nunca lidos, e ali estava...

— Para todo o Verão?

— Para todo o sempre! E agora, homem das cidades, vem almoçar umas trutas que eu pesquei, e compreende enfim o que é o Céu.

As trutas eram, com efeito, celestes. E apareceu também uma salada fria de couve-flor e vagens, e um vinho branco de Azães... Mas quem condignamente vos cantará, comeres e beberes daquelas serras?

De tarde, finda a calma[27], passeamos pelos caminhos, coleando a vasta quinta, que vai de vales a montes. Jacinto parava a contemplar com carinho os milhos altos. Com a mão espalmada e forte batia no tronco dos castanheiros, como nas costas de amigos recuperados. Todo o fio de água, todo o tufo de erva, todo o pé de vinha o ocupava como vidas filiais por que fosse responsável. Conhecia certos melros que cantavam em certos choupos. Exclamava enternecido:

— Que encanto, a flor do trevo!

À noite, depois de um cabrito assado no forno, a que mestre Horácio teria dedicado uma ode (talvez mesmo um carme heróico), conversamos sobre o destino e a vida. Eu citei, com discreta malícia, Schopenhauer, e o *Eclesiastes*... Mas Jacinto ergueu os

---

[26] O narrador faz uma brincadeira, incluindo Jacinto nos versos em que o poeta latino Virgílio exalta a beleza da vida campestre.
[27] *Calma*: período mais quente do dia.

CIVILIZAÇÃO E OUTROS CONTOS   **65**

ombros, com seguro desdém. A sua confiança nesses dois sombrios explicadores da vida desaparecera, e irremediavelmente, sem poder mais voltar, como uma névoa que o sol espalha. Tremenda tolice! afirmar que a vida se compõe, meramente, duma longa ilusão — é erguer um aparatoso sistema sobre um ponto especial e estreito da vida, deixando fora do sistema toda a vida restante, como uma contradição permanente e soberba. Era como se ele, Jacinto, apontando para uma urtiga, crescida naquele pátio, declarasse, triunfalmente: "Aqui está uma urtiga! Toda a quinta de Torges, portanto, é uma massa de urtigas". — Mas bastaria que o hóspede erguesse os olhos, para ver as searas, os pomares e os vinhedos!

De resto, desses dois ilustres pessimistas, um o alemão, que conhecia ele da vida — dessa vida de que fizera, com doutoral majestade, uma teoria definitiva e dolente? Tudo o que pode conhecer quem, como este genial farsante, viveu cinquenta anos numa soturna hospedaria de província, levantando apenas os óculos dos livros para conversar, à mesa-redonda, com os alferes da guarnição! E o outro, o israelita, o homem dos *Cantares*, o muito pedantesco rei de Jerusalém, só descobre que a vida é uma ilusão aos setenta e cinco anos, quando o poder lhe escapa das mãos trêmulas, e o seu serralho de trezentas concubinas se torna ridiculamente supérfluo à sua carcaça frígida. Um dogmatiza funebremente sobre o que não sabe — e o outro sobre o que se não pode. Mas que se dê a esse bom Schopenhauer uma vida tão completa e cheia como a de César, e onde estará o seu schopenhauerismo? Que se restitua a esse sultão, besuntado de literatura, que tanto edificou e professorou em Jerusalém, a sua virilidade — e onde estará o *Eclesiastes*? De resto, que importa bendizer ou maldizer da vida? Afortunada ou dolorosa, fecunda ou vã, ela tem de ser vida. Loucos aqueles que, para a atravessar, se embrulham desde logo em pesados véus de tristeza e desilusão, de sorte que na sua estrada tudo lhe seja negrume, não só as léguas realmente escuras, mas mesmo aquelas em que cintila um sol amável. Na terra tudo vive — e só o homem sente a dor e a desilusão da vida. E tanto mais as sente quanto mais alarga e acumula a obra dessa inteligência que o torna homem, e que o separa da restante natureza, impensante e inerte. É no máximo de civilização que ele experimenta o máximo de tédio. A sapiência, portanto, está em recuar até esse honesto mínimo de civilização, que consiste em ter um teto de colmo, uma leira de terra e o grão para nela semear. Em resumo, para reaver a felicidade, é necessário regressar ao Paraíso — e ficar lá, quieto, na sua folha de vinha, inteiramente desguarnecido de civilização, contemplando o anho aos saltos entre o tomilho, e sem procurar, nem com o desejo, a árvore funesta da Ciência! *Dixi!*[28]

Eu escutava, assombrado, este Jacinto novíssimo. Era verdadeiramente uma ressurreição no magnífico estilo de Lázaro. Ao *surge et ambula*[29] que lhe tinham sussurrado as águas e os bosques de Torges, ele erguia-se do fundo da cova do Pessimismo, desem-

---

28 *Dixi* (latim): Falei.
29 *Surge et ambula* (latim): levanta-te e anda.

baraçava-se das suas casacas de Poole, *et ambulabat*[30], e começava a ser ditoso. Quando recolhi ao meu quarto, àquelas horas honestas que convêm ao campo e ao otimismo, tomei entre as minhas a mão já firme do meu amigo, e pensando que ele enfim alcançara a verdadeira realeza, porque possuía a verdadeira liberdade, gritei-lhe os meus parabéns à maneira do moralista de Tíbure:

Vive et regna, fortunate jacinthe!

Daí a pouco, através da porta aberta que nos separava, senti uma risada fresca, moça, genuína e consolada. Era Jacinto que lia o *D. Quixote*. Oh bem-aventurado Jacinto! Conservava o agudo poder de criticar, e recuperara o dom divino de rir!

Quatro anos vão passados. Jacinto ainda habita Torges. As paredes do seu solar continuam bem caiadas, mas nuas.

De Inverno enverga um gabão de briche e acende um braseiro. Para chamar o Grilo ou a moça, bate as mãos, como fazia Catão. Com os seus deliciosos vagares, já leu a *Ilíada*. Não faz a barba. Nos caminhos silvestres, para e fala com as crianças. Todos os casais da serra o bendizem. Ouço que vai casar com uma forte, sã, e bela rapariga de Guiães. Decerto crescerá ali uma tribo, que será grata ao Senhor!

Como ele, recentemente, me mandou pedir livros da sua livraria[31] (uma *Vida de Buda*, uma *História da Grécia* e as obras de S. Francisco de Sales), fui, depois destes quatro anos, ao *Jasmineiro* deserto. Cada passo meu sobre os fofos tapetes de Caramânia soou triste como num chão de mortos. Todos os brocados estavam engelhados, esgaçados. Pelas paredes pendiam, como olhos fora de órbitas, os botões elétricos das campainhas e das luzes — e havia vagos fios de arame, soltos, enroscados, onde a aranha regalada e reinando tecera teias espessas. Na livraria, todo o vasto saber dos séculos jazia numa imensa mudez, debaixo duma imensa poeira. Sobre as lombadas dos sistemas filosóficos alvejava o bolor: vorazmente a traça devastara as Histórias Universais: errava ali um cheiro mole de literatura apodrecida: — e eu abalei, com o lenço no nariz, certo de que naqueles vinte mil volumes não restava uma verdade viva! Quis lavar as mãos, maculadas pelo contato com estes detritos de conhecimentos humanos. Mas os maravilhosos aparelhos do lavatório, da sala de banho, enferrujados, perros, dessoldados, não largaram uma gota de água; e, como chovia nessa tarde de Abril, tive de sair à varanda, pedir ao Céu que me lavasse[32].

Ao descer, penetrei no gabinete de trabalho de Jacinto e tropecei num montão negro de ferragens, rodas, lâminas, campainhas, parafusos... Entreabri a janela, e reconheci o telefone, o teatrofone, o fonógrafo, outros aparelhos, tombados das suas peanhas, sórdidos, desfeitos, sob a poeira dos anos. Empurrei com o pé este lixo do

---

30 *Et ambulabat* (latim): e andava.
31 *Livraria*: biblioteca.
32 Observe que a chuva, simbolizando a natureza, limpa a sujeira da civilização.

CIVILIZAÇÃO E OUTROS CONTOS

engenho humano. A máquina de escrever, escancarada, com os buracos negros marcando as letras desarraigadas, era como uma boca alvar e desdentada. O telefone parecia esborrachado, enrodilhado nas suas tripas de arame. Na trompa do fonógrafo, torta, esbeiçada, para sempre muda, fervilhavam carochas. E ali jaziam, tão lamentáveis e grotescas, aquelas geniais invenções, que eu saí rindo, como duma enorme facécia, daquele supercivilizado palácio.

A chuva de Abril secara: os telhados remotos da cidade negrejavam sobre um poente de carmesim e ouro. E, através das ruas mais frescas, eu ia pensando que este nosso magnífico século XIX se assemelharia, um dia, àquele *Jasmineiro* abandonado, e que outros homens, com uma certeza mais pura do que é a vida e a felicidade, dariam, como eu, com o pé no lixo da supercivilização, e, como eu, ririam alegremente da grande ilusão que findara, inútil e coberta de ferrugem.

Àquela hora, decerto, Jacinto, na varanda, em Torges, sem fonógrafo e sem telefone, reentrado na simplicidade, via, sob a paz lenta da tarde, ao tremeluzir da primeira estrela, a boiada recolher entre o canto dos boieiros.

José Matias

Linda tarde, meu amigo!... Estou esperando o enterro do José Matias — do José Matias de Albuquerque, sobrinho do visconde de Garmilde... O meu amigo certamente o conheceu — um rapaz airoso, louro como uma espiga, com um bigode crespo de paladino sobre uma boca indecisa de contemplativo, destro cavaleiro, duma elegância sóbria e fina. E espírito curioso, muito afeiçoado às ideias gerais, tão penetrante que compreendeu a minha *Defesa da Filosofia Hegeliana*! Esta imagem do José Matias data de 1865: porque a derradeira vez que o encontrei, numa tarde agreste de Janeiro, metido num portal da Rua de S. Bento, tiritava dentro duma quinzena[1] cor de mel, roída nos cotovelos, e cheirava abominavelmente a aguardente[2].

Mas o meu amigo, numa ocasião que o José Matias parou em Coimbra, recolhendo do Porto, ceou com ele, no Paço do Conde! Até o Craveiro, que preparava as *Ironias e Dores de Satã*, para acirrar mais a briga entre a escola purista e a escola satânica, recitou aquele seu soneto, de tão fúnebre idealismo: *Na Jaula do Meu Peito, o Coração...* E ainda lembro o José Matias, com uma grande gravata de cetim preto, tufada entre o colete de linho branco, sem despegar os olhos das velas das serpentinas, sorrindo palidamente àquele coração que rugia na sua jaula... Era uma noite de Abril, de Lua cheia. Passeamos depois em bando, com guitarras, pela Ponte e pelo Choupal. O Januário cantou ardentemente as endechas românticas do nosso tempo:

> *Ontem de tarde, ao Sol-posto,*
> *Contemplavas, silenciosa*
> *A torrente caudalosa*
> *Que refervia a teus pés...*

E o José Matias, encostado ao parapeito da ponte, com a alma e os olhos perdidos na Lua!

— Por que não acompanha o meu amigo este moço interessante ao Cemitério dos Prazeres? Eu tenho uma tipoia[3], de praça e com número, como convém a um professor de Filosofia... O quê! Por causa das calças claras! Oh! meu caro amigo! De todas as materializações da simpatia, nenhuma mais grosseiramente material do que a casimira preta. E o homem que nós vamos enterrar era um grande espiritualista!

---

1   *Quinzena*: jaquetão leve.
2   Observe bem a estrutura do conto: um homem, professor de filosofia que vai ao enterro de seu amigo José Matias, começa a contar a um terceiro a história desse amigo. O conto é uma espécie de "falso diálogo", porque só o narrador tem a palavra.
3   *Tipoia*: carruagem pequena, de um só cavalo.

CIVILIZAÇÃO E OUTROS CONTOS

Vem o caixão saindo da igreja... Apenas três carruagens para o acompanhar. Mas realmente, meu caro amigo, o José Matias morreu há seis anos, no seu puro brilho. Esse, que aí levamos, meio decomposto, dentro de tábuas agaloadas de amarelo, é um resto de bêbedo, sem história e sem nome, que o frio de Fevereiro matou no vão dum portal.

O sujeito de óculos de ouro, dentro do cupê?... Não conheço, meu amigo. Talvez um parente rico, desses que aparecem nos enterros, com o parentesco corretamente coberto de fumo, quando o defunto já não importuna, nem compromete. O homem obeso de carão amarelo, dentro da vitória, é o Alves *Capão*, que tem um jornal onde desgraçadamente a filosofia não abunda, e que se chama a *Piada*. Que relações o prendiam ao Matias?... Não sei. Talvez se embebedassem nas mesmas tascas; talvez o José Matias ultimamente colaborasse na *Piada*; talvez debaixo daquela gordura e daquela literatura, ambas tão sórdidas, se abrigue uma alma compassiva. Agora é a nossa tipoia... Quer que desça a vidraça? Um cigarro?... Eu trago fósforos. Pois este José Matias foi um homem desconsolador para quem, como eu, na vida ama a evolução lógica e pretende que a espiga nasça coerentemente do grão. Em Coimbra sempre o consideramos como uma alma escandalosamente banal. Para este juízo concorria talvez a sua horrenda correção. Nunca um rasgão brilhante na batina! nunca uma poeira estouvada nos sapatos! nunca um pelo rebelde do cabelo ou do bigode fugido daquele rígido alinho que nos desolava! Além disso, na nossa ardente geração, ele foi o único intelectual que não rugiu com as misérias da Polônia[4]; que leu sem palidez ou pranto as *Contemplações*[5]; que permaneceu insensível ante a ferida de Garibaldi[6]! E todavia, nesse José Matias, nenhuma secura ou dureza ou egoísmo ou desafabilidade! Pelo contrário! Um suave camarada, sempre cordial, e mansamente risonho. Toda a sua inabalável quietação parecia provir duma imensa superficialidade sentimental. E, nesse tempo, não foi sem razão e propriedade que nós alcunhamos aquele moço tão macio, tão louro e tão ligeiro de *Matias Coração de Esquilo*. Quando se formou, como lhe morrera o pai, depois a mãe, delicada e linda senhora de quem herdara cinquenta contos, partiu para Lisboa, alegrar a solidão dum tio que o adorava, o general visconde de Garmilde. O meu amigo sem dúvida se lembra dessa perfeita estampa de general clássico, sempre de bigodes terrificamente encerados, as calças cor de flor de alecrim desesperadamente esticadas pelas presilhas sobre as botas coruscantes, e o chicote debaixo do braço com a ponta a tremer, ávida de vergastar o Mundo! Guerreiro grotesco e deliciosamente bom... O Garmilde morava então em Arroios, numa casa antiga de azulejos, com um jardim, onde ele cultivava apaixonadamente canteiros soberbos de dálias. Esse jardim subia muito suavemente até ao

---

4   Referência ao sofrimento do povo polonês por ocasião da invasão russa, em meados do século XIX.

5   *Contemplações*: título de uma coletânea de poesias de Victor Hugo (1802-1885), escritor romântico francês.

6   *Garibaldi* (1807-1882): patriota italiano que lutou pela unificação de seu país.

EÇA DE QUEIRÓS

muro coberto de hera que o separava de outro jardim, o largo e belo jardim de rosas do Conselheiro Matos Miranda, cuja casa, com um arejado terraço entre dois torreõezinhos amarelos, se erguia no cimo do outeiro e se chamava a casa da "Parreira". O meu amigo conhece (pelo menos de tradição, como se conhece Helena de Troia ou Inês de Castro) a formosa Elisa Miranda, a Elisa da Parreira... Foi a sublime beleza romântica de Lisboa, nos fins da Regeneração. Mas realmente Lisboa apenas a entrevia pelos vidros da sua grande caleche, ou nalguma noite de iluminação do Passeio Público entre a poeira e a turba, ou nos dois bailes da Assembleia do Carmo, de que o Matos Miranda era um diretor venerado. Por gosto borralheiro de provinciana, ou por pertencer àquela burguesia séria que nesses tempos, em Lisboa, ainda conservava os antigos hábitos severamente encerrados, ou por imposição paternal do marido, já diabético e com sessenta anos — a deusa raramente emergia de Arroios e se mostrava aos mortais. Mas quem a viu, e com facilidade constante, quase irremediavelmente, logo que se instalou em Lisboa, foi o José Matias — porque, jazendo o palacete do general na falda da colina, aos pés do jardim e da casa da Parreira, não podia a divina Elisa assomar a uma janela, atravessar o terraço, colher uma rosa entre as ruas de buxo, sem ser deliciosamente visível, tanto mais que nos dois jardins assoalhados nenhuma árvore espalhava a cortina da sua rama densa. O meu amigo decerto trauteou, como todos trauteamos, aqueles versos gastos, mas imortais:

> *Era no Outono, quando a imagem tua*
> *À luz da Lua...*

Pois, como nessa estrofe, o pobre José Matias, ao regressar da praia da Ericeira em Outubro, no Outono, avistou Elisa Miranda, uma noite no terraço, à luz da Lua! O meu amigo nunca contemplou aquele precioso tipo de encanto lamartiniano[7]. Alta, esbelta, ondulosa, digna da comparação bíblica da palmeira ao vento. Cabelos negros, lustrosos e ricos, em bandós ondeados. Uma carnação de camélia muito fresca. Olhos negros, líquidos, quebrados, tristes, de longas pestanas... Ah! meu amigo, até eu, que já então laboriosamente anotava Hegel[8], depois de a encontrar numa tarde de chuva esperando a carruagem à porta do Seixas, a adorei durante três exaltados dias e lhe rimei um soneto. Não sei se o José Matias lhe dedicou sonetos. Mas todos nós, seus amigos, percebemos logo o forte, profundo, absoluto amor que concebera, desde a noite de Outono, à luz da Lua, aquele coração, que em Coimbra considerávamos de *esquilo*!

Bem compreende que homem tão comedido e quieto não se exalou em suspiros públicos. Já, porém, no tempo de Aristóteles, se afirmava que amor e fumo não se escondem; e do nosso cerrado José Matias o amor começou logo a escapar, como o fumo leve através das fendas invisíveis duma casa fechada que arde terrivelmente. Bem me

---

[7] *Lamartiniano*: alusão a Lamartine (1790-1869), poeta romântico francês.
[8] *Hegel* (1770-1831): famoso filósofo alemão.

CIVILIZAÇÃO E OUTROS CONTOS　**71**

recordo duma tarde que o visitei em Arroios, depois de voltar do Alentejo. Era um domingo de Julho. Ele ia jantar com uma tia-avó, uma D. Mafalda Noronha, que vivia em Benfica, na quinta dos Cedros, onde habitualmente jantavam também aos domingos o Matos Miranda e a divina Elisa. Creio mesmo que só nessa casa ela e o José Matias se encontravam, sobretudo com as facilidades que oferecem pensativas alamedas e retiros de sombra. As janelas do quarto do José Matias abriam sobre o seu jardim e sobre o jardim dos Mirandas: e, quando entrei, ele ainda se vestia, lentamente. Nunca admirei, meu amigo, face humana aureolada por felicidade mais segura e serena! Sorria iluminadamente quando me abraçou, com um sorriso que vinha das profundidades da alma iluminada; sorria ainda deliciadamente enquanto eu lhe contei todos os meus desgostos no Alentejo: sorriu depois extaticamente, aludindo ao calor e enrolando um cigarro distraído; e sorriu sempre, enlevado, a escolher na gaveta da cômoda, com escrúpulo religioso, uma gravata de seda branca. E a cada momento, irresistivelmente, por um hábito já tão inconsciente como o pestanejar, os seus olhos risonhos, calmamente enternecidos, se voltavam para as vidraças fechadas... De sorte que, acompanhando aquele raio ditoso, logo descobri, no terraço da casa da Parreira, a divina Elisa, vestida de claro, com um chapéu branco, passeando preguiçosamente, calçando pensativamente as luvas, e espreitando também as janelas do meu amigo, que um lampejo oblíquo do Sol ofuscava de manchas de ouro. O José Matias no entanto conversava, antes murmurava, através do sorriso perene, coisas afáveis e dispersas. Toda a sua atenção se concentrara diante do espelho, no alfinete de coral e pérola para prender a gravata, no colete branco que abotoava e ajustava com a devoção com que um padre novo, na exaltação cândida da primeira missa, se reveste da estola e do amito, para se acercar do altar. Nunca eu vira um homem deitar, com tão profundo êxtase, água-de-colônia no lenço! E depois de enfiar a sobrecasaca, de lhe espetar uma soberba rosa, foi com inefável emoção, sem reter um delicioso suspiro, que abriu largamente, solenemente, as vidraças! *Introibo ad altarem deae*[9]! Eu permaneci discretamente enterrado no sofá. E, meu caro amigo, acredite! Invejei aquele homem à janela, imóvel, hirto na sua adoração sublime, com os olhos, e a alma, e todo o ser cravados no terraço, na branca mulher calçando as luvas claras, e tão indiferente ao mundo, como se o mundo fosse apenas o ladrilho que ela pisava e cobria com os pés!

　　E este enlevo, meu amigo, durou dez anos, assim esplêndido, puro, distante e imaterial! Não ria... Decerto se encontravam na quinta de D. Mafalda: decerto se escreviam, e trasbordantemente, atirando as cartas por cima do muro que separava os dois quintais; mas nunca, por cima das heras desse muro, procuraram a rara delícia duma conversa roubada ou a delícia ainda mais perfeita dum silêncio escondido na sombra. E nunca trocaram um beijo... Não duvide! Algum aperto de mão fugidio e sôfrego, sob os arvoredos de D. Mafalda, foi o limite exaltadamente extremo, que a

---

9　*Introibo ad altarem deae* (latim): Entrarei no altar da deusa.

vontade lhes marcou ao desejo. O meu amigo não compreende como se mantiveram assim dois frágeis corpos, durante dez anos, em tão terrível e mórbido renunciamento... Sim, decerto lhes faltou, para se perderem, uma hora de segurança ou uma portinha no muro. Depois a divina Elisa vivia realmente num mosteiro, em que ferrolhos e grades eram formados pelos hábitos rigidamente reclusos do Matos Miranda, diabético e tristonho. Mas, na castidade deste amor, entrou muita nobreza moral e finura superior de sentimento. O amor espiritualiza o homem — e materializa a mulher. Essa espiritualização era fácil ao José Matias, que (sem nós desconfiarmos) nascera desvairadamente espiritualista; mas a humana Elisa encontrou também um gozo delicado nessa ideal adoração de monge, que nem ousa roçar, com os dedos trêmulos e embrulhados no rosário, a túnica da Virgem sublimada. Ele, sim! ele gozou nesse amor transcendentemente desmaterializado um encanto sobre-humano. E durante dez anos, como o Rui Blas do velho Hugo[10], caminhou, vivo e deslumbrado, dentro do seu sonho radiante, sonho em que Elisa habitou realmente dentro da sua alma, numa fusão tão absoluta que se tornou consubstancial com o seu ser! Acreditará o meu amigo que ele abandonou o charuto, mesmo passeando solitariamente a cavalo pelos arredores de Lisboa, logo que descobrira na quinta de D. Mafalda, uma tarde, que o fumo perturbava Elisa?

E esta presença real da divina criatura no seu ser criou no José Matias modos novos, estranhos, derivando da alucinação. Como o visconde de Garmilde jantava cedo, à hora vernácula do Portugal antigo, José Matias ceava, depois de S. Carlos, naquele delicioso e saudoso Café Central, onde o linguado parecia frito no Céu, e o Colares no Céu engarrafado. Pois nunca ceava sem serpentinas profusamente acesas e a mesa juncada de flores. Por quê? Porque Elisa também ali ceava, invisível. Daí esses silêncios banhados num sorriso religiosamente atento... Por quê? Porque a estava sempre escutando! Ainda me lembro dele arrancar do quarto três gravuras clássicas de faunos ousados e ninfas rendidas... Elisa pairava idealmente naquele ambiente; e ele purificava as paredes, que mandou forrar de sedas claras. O amor arrasta ao luxo, sobretudo amor de tão elegante idealismo; o José Matias prodigalizou com esplendor o luxo que ela partilhava. Decentemente não podia andar com a imagem de Elisa numa tipoia de praça, nem consentir que a augusta imagem roçasse pelas cadeiras de palhinha da plateia de S. Carlos. Montou, portanto, carruagens dum gosto sóbrio e puro: e assinou um camarote na Ópera, onde instalou, para ela, uma poltrona pontifical, de cetim branco, bordado a estrelas de ouro.

Além disso, como descobrira a generosidade de Elisa, logo se tornou congênere e suntuosamente generoso: e ninguém existiu então em Lisboa que espalhasse, com facilidade mais risonha, notas de cem mil-réis. Assim desbaratou, rapidamente, sessenta contos com o amor daquela mulher a quem nunca dera uma flor!

---

10 *Rui Blas*: personagem que dá nome a uma obra de Victor Hugo.

CIVILIZAÇÃO E OUTROS CONTOS 73

E, durante esse tempo, o Matos Miranda? Meu amigo, o bom Matos Miranda não desmanchava nem a perfeição, nem a quietação desta felicidade! Tão absoluto seria o espiritualismo do José Matias, que apenas se interessasse pela alma de Elisa, indiferente às submissões do seu corpo, invólucro inferior e mortal?... Não sei. Verdade seja! Aquele digno diabético, tão grave, sempre de *cache-nez* de lã escura, com as suas suíças grisalhas, os seus ponderosos óculos de ouro, não sugeria ideias inquietadoras de marido ardente, cujo ardor, fatalmente e involuntariamente, se partilha e abrasa. Todavia nunca compreendi, eu, filósofo, aquela consideração, quase carinhosa, do José Matias pelo homem que, mesmo desinteressadamente, podia por direito, por costume, contemplar Elisa desapertando as fitas da saia branca!... Haveria ali reconhecimento por o Miranda ter descoberto numa remota rua de Setúbal[11] (onde José Matias nunca a descortinaria) aquela divina mulher, e por a manter em conforto, solidamente nutrida, finamente vestida, transportada em caleches de macias molas? Ou recebera o José Matias aquela costumada confidência — "não sou tua, nem dele" — que tanto consola do sacrifício, porque tanto lisonjeia o egoísmo?... Não sei. Mas, com certeza, este seu magnânimo desdém pela presença corporal do Miranda no templo, onde habitava a sua deusa, dava à felicidade de José Matias uma unidade perfeita, a unidade dum cristal que por todos os lados rebrilha, igualmente puro, sem arranhadura ou mancha. E esta felicidade, meu amigo, durou dez anos... Que escandaloso luxo para um mortal!

Mas um dia, a Terra, para o José Matias, tremeu toda, num terremoto de incomparável espanto. Em Janeiro ou Fevereiro de 1871, o Miranda, já debilitado pela diabetes, morreu com uma pneumonia. Por estas mesmas ruas, numa pachorrenta tipoia de praça, acompanhei o seu enterro numeroso, rico, com ministros, porque o Miranda pertencia às Instituições. E depois, aproveitando a tipoia, visitei o José Matias em Arroios, não por curiosidade perversa, nem para lhe levar felicitações indecentes, mas para que, naquele lance deslumbrador, ele sentisse ao lado a força moderadora da filosofia... Encontrei porém com ele um amigo mais antigo e confidencial, aquele brilhante Nicolau da Barca, que já conduzi também a este cemitério, onde agora jazem, debaixo de lápides, todos aqueles camaradas com quem levantei castelos nas nuvens... O Nicolau chegara da Velosa, da sua quinta de Santarém, de madrugada, reclamado por um telegrama do Matias. Quando entrei, um criado atarefado arranjava duas malas enormes. O José Matias abalava nessa noite para o Porto. Já envergara mesmo um fato de viagem, todo negro, com sapatos de couro amarelo: e depois de me sacudir a mão, enquanto o Nicolau remexia um grogue, continuou vagando pelo quarto, calado, como embaçado, com um modo que não era emoção, nem alegria pudicamente disfarçada, nem surpresa do seu destino bruscamente sublimado. Não! Se o bom Darwin não nos ilude no seu livro da *Expressão das Emoções*, o José

---

11 *Setúbal*: cidade próxima a Lisboa.

Matias, nessa tarde, só sentia e só exprimia embaraço! Em frente, na casa da Parreira, todas as janelas permaneciam fechadas sob a tristeza da tarde cinzenta. E, todavia, surpreendi o José Matias atirando para o terraço, rapidamente, um olhar em que transparecia inquietação, ansiedade, quase terror! Como direi? Aquele é o olhar que se resvala para a jaula mal segura onde se agita uma leoa! Num momento em que ele entrara na alcova, murmurei ao Nicolau, por cima do grogue: "O Matias faz perfeitamente em ir para o Porto...". Nicolau encolheu os ombros: "Sim, pensou que era mais delicado... Eu aprovei. Mas só durante os meses de luto pesado...". Às sete horas acompanhamos o nosso amigo à estação de Santa Apolônia. Na volta, dentro do cupê que uma grande chuva batia, filosofamos. Eu sorria contente: "Um ano de luto, e depois muita felicidade e muitos filhos... É um poema acabado!" O Nicolau acudiu, sério: "E acabado numa deliciosa e suculenta prosa. A divina Elisa fica com toda a sua divindade e a fortuna do Miranda, uns dez ou doze contos de renda... Pela primeira vez na nossa vida contemplamos, tu e eu, a virtude recompensada!"

Meu caro amigo! Os meses cerimoniais de luto passaram, depois outros, e José Matias não se arredou do Porto. Nesse Agosto o encontrei eu instalado fundamentalmente no Hotel Francfort, onde entretinha a melancolia dos dias abrasados, fumando (porque voltara ao tabaco), lendo romances de Júlio Verne, e bebendo cerveja gelada até que a tarde refrescava e ele se vestia, se perfumava, se floria para jantar na Foz.

E apesar de se acercar o bendito remate do luto e da desesperada espera, não notei no José Matias nem alvoroço elegantemente reprimido, nem revolta contra a lentidão do tempo, velho por vezes tão moroso e trôpego... Pelo contrário! Ao sorriso de radiosa certeza, que nesses anos o iluminara com um nimbo de beatitude, sucedera a seriedade carregada, toda em sombra e rugas, de quem se debate numa dúvida irresolúvel, sempre presente, roedora e dolorosa. Quer que lhe diga? Nesse Verão, no Hotel Francfort, sempre me pareceu que o José Matias, a cada instante da sua vida acordada, mesmo emborcando a fresca cerveja, mesmo calçando as luvas ao entrar para a caleche que o levava à Foz, angustiadamente perguntava à sua consciência: "Que hei-de-fazer? Que hei-de-fazer?" E depois, uma manhã, ao almoço, realmente me assombrou, exclamando ao abrir o jornal, com um assomo de sangue na face: "O quê! Já são 29 de Agosto? Santo Deus... Já o fim de Agosto!..."

Voltei a Lisboa, meu amigo. O Inverno passou, muito seco e muito azul. Eu trabalhei nas minhas *Origens do Utilitarismo*. Um domingo, no Rossio, quando já se vendiam cravos nas tabacarias, avistei dentro dum cupê a divina Elisa, com plumas roxas no chapéu. E nessa semana encontrei no meu *Diário Ilustrado* a notícia curta, quase tímida, do casamento da Sra. D. Elisa Miranda... Com quem, meu amigo? — Com o conhecido proprietário, o Sr. Francisco Torres Nogueira!...

O meu amigo cerrou aí o punho, e bateu na coxa, espantado. Eu também cerrei os punhos ambos, mas para os levantar ao Céu onde se julgam os feitos da Terra, e clamar furiosamente, aos urros, contra a falsidade, a inconstância ondeante e pérfida, toda a enganadora torpeza das mulheres, e daquela especial Elisa cheia de infâmia entre as mulhe-

CIVILIZAÇÃO E OUTROS CONTOS

75

res! Atraiçoar à pressa, atabalhoadamente, apenas findara o luto negro, aquele nobre, puro, intelectual Matias! e o seu amor de dez anos, submisso e sublime!...

E depois de apontar os punhos para o Céu ainda os apertava na cabeça, gritando: "Mas por quê? Por quê?" Por amor? Durante anos ela amara enlevadamente este moço, e dum amor que se não desiludira nem se fartara, porque permanecia suspenso, imaterial, insatisfeito. Por ambição? Torres Nogueira era um ocioso amável como José Matias, e possuía em vinhas hipotecadas os mesmos cinquenta ou sessenta contos que o José Matias herdara agora do tio Garmilde em terras excelentes e livres. Então por quê? Certamente porque os grossos bigodes negros do Torres Nogueira apeteciam mais à sua carne do que o buço louro e pensativo do José Matias! Ah! bem ensinara S. João Crisóstomo que a mulher é um monturo de impureza, erguido à porta do Inferno!

Pois, meu amigo, quando eu assim rugia, encontro uma tarde na Rua do Alecrim o nosso Nicolau da Barca, que salta da tipoia, me empurra para um portal, agarra excitadamente no meu pobre braço, e exclama engasgado: "Já sabes? Foi o José Matias que recusou! Ela escreveu, esteve no Porto, chorou... Ele nem consentiu em a ver! Não quis casar, não quer casar!" Fiquei traspassado. "E então ela..." — "Despeitada, fortemente cercada pelo Torres, cansada da viuvice, com aqueles belos trinta anos em botão, que diabo! coitada, casou!" Ergui os braços até à abóbada do pátio: "Mas então esse sublime amor do José Matias?" O Nicolau, seu íntimo e confidente, jurou com irrecusável segurança: "É o mesmo sempre! Infinito, absoluto... Mas não quer casar!" Ambos nos olhamos, e depois ambos nos separamos, encolhendo os ombros, com aquele assombro resignado que convém a espíritos imprudentes perante o Incognoscível. Mas eu, filósofo, e portanto espírito imprudente, toda essa noite esfuraquei o ato de José Matias com a ponta duma psicologia que expressamente aguçara: — e já de madrugada, estafado, concluí, como se conclui sempre em filosofia, que me encontrava diante duma causa primária, portanto impenetrável, onde se quebraria, sem vantagem para ele, para mim, ou para o Mundo, a ponta do meu instrumento!

Depois a divina Elisa casou e continuou habitando a Parreira com o seu Torres Nogueira, no conforto e sossego que já gozara com o seu Matos Miranda. No meado do Verão José Matias recolheu do Porto a Arroios, ao casarão do tio Garmilde, onde recuperou os seus antigos quartos, com as varandas para o jardim, já florido de dálias que ninguém tratava. Veio Agosto, como sempre em Lisboa silencioso e quente. Aos domingos José Matias jantava com D. Mafalda de Noronha, em Benfica, solitariamente — porque o Torres Nogueira não conhecia aquela veneranda senhora da Quinta dos Cedros. A divina Elisa, com vestidos claros, passeava à tarde no jardim entre as roseiras. De sorte que a única mudança, naquele doce canto de Arroios, parecia ser o Matos Miranda no seu belo jazigo dos Prazeres, todo de mármore — e o Torres Nogueira no leito excelente de Elisa.

Havia, porém, uma tremenda e dolorosa mudança — a do José Matias! Adivinha o meu amigo como esse desgraçado consumia os seus estéreis dias? Com os olhos, e a memória, e a alma, e todo o ser cravados no terraço, nas janelas, nos jardins da Parreira! Mas agora não era de vidraças largamente abertas, em aberto êxtase, com o sorriso de segura beatitude: era por trás das cortinas fechadas, através duma escassa fenda, escondido, surripiando furtivamente os brancos sulcos do vestido branco, com a face toda devastada pela angústia e pela derrota. E compreende por que sofria assim, este pobre coração? Certamente porque Elisa, desdenhada pelos seus braços fechados, correra logo, sem luta, sem escrúpulos, para outros braços, mais acessíveis e prontos... Não, meu amigo! E note agora a complicada sutileza desta paixão. O José Matias permanecia devotadamente crente de que Elisa, na profundidade da sua alma, nesse sagrado fundo espiritual onde não entram as imposições das conveniências, nem as decisões da razão pura, nem os ímpetos do orgulho, nem as emoções da carne — o amava, a ele, unicamente a ele, e com um amor que não deperecera, não se alterara, floria em todo o seu viço, mesmo sem ser regado ou tratado, como a antiga Rosa Mística! O que o torturava, meu amigo, o que lhe cavara longas rugas em curtos meses, era que um homem, um macho, um bruto, se tivesse apoderado daquela mulher que era sua! E que do modo mais santo e mais socialmente puro, sob o patrocínio enternecido da Igreja e do Estado, lambuzasse com os rijos bigodes negros, à farta, os divinos lábios que ele nunca ousara roçar, na supersticiosa reverência e quase no terror da sua divindade! Como lhe direi?... O sentimento deste extraordinário Matias era o de um monge, prostrado ante uma imagem da Virgem, em transcendente enlevo — quando de repente, um bestial sacrílego trepa ao altar, e ergue obscenamente a túnica da imagem. O meu amigo sorri... E então o Matos Miranda? Ah! meu amigo! Esse era diabético, e grave, e obeso, e já existia instalado na Parreira, com a sua obesidade e a sua diabetes, quando ele conhecera Elisa e lhe dera para sempre vida e coração. E o Torres Nogueira, esse, rompera brutalmente através do seu puríssimo amor, com os negros bigodes, e os carnudos braços, e o rijo arranque dum antigo pegador de touros, e empolgara aquela mulher — a quem revelara talvez o que é um homem!

Mas, com os demônios! essa mulher ele a recusara, quando ela se lhe oferecia, na frescura e na grandeza dum sentimento que nenhum desdém ainda ressequira ou abatera. Que quer?... É a espantosa tortuosidade espiritual deste Matias! Ao cabo de uns meses ele *esquecera*, positivamente *esquecera* essa recusa afrontosa, como se fora um leve desencontro de interesses materiais ou sociais, passado há meses, no Norte, e a que a distância e o tempo dissipavam a realidade e a amargura leve! E agora, aqui em Lisboa, com as janelas de Elisa diante das suas janelas e as rosas dos dois jardins unidos recendendo na sombra, a dor presente, a dor real, era que ele amara sublimemente uma mulher, e que a colocara entre as estrelas para mais pura adoração, e que um bruto moreno, de bigodes negros, arrancara essa mulher de entre as estrelas e a arremessara para a cama!

Enredado caso, hem, meu amigo? Ah! muito filosofei sobre ele, por dever de filósofo! E concluí que o Matias era um doente, atacado de hiperespiritualismo, duma inflamação violenta e pútrida do espiritualismo, que receara apavoradamente as materialidades do casamento, as chinelas, a pele pouco fresca ao acordar, um ventre enorme durante seis meses, os meninos berrando no berço molhado... E agora rugia de furor e tormento, por

CIVILIZAÇÃO E OUTROS CONTOS

que certo materialão, ao lado, se prontificara a aceitar Elisa em camisola de lã. Um imbecil?... Não, meu amigo! Um ultra-romântico, loucamente alheio às realidades fortes da vida, que nunca suspeitou que chinelas e cueiros sujos de meninos são coisas de superior beleza em casa em que entre o sol e haja amor.

E sabe o meu amigo o que exacerbou, mais furiosamente, este tormento? É que a pobre Elisa mostrava por ele o antigo amor! Que lhe parece? Infernal, hem?... Pelo menos se não sentia o antigo amor intacto na sua essência, forte como outrora e único, conservava pelo pobre Matias uma irresistível curiosidade e repetia os gestos desse amor... Talvez fosse apenas a fatalidade dos jardins vizinhos! Não sei. Mas logo desde Setembro, quando o Torres Nogueira partiu para as suas vinhas de Carcavelos, a assistir à vindima, ela recomeçou, da borda do terraço por sobre as rosas e as dálias abertas, aquela doce remessa de doces olhares com que durante dez anos extasiara o coração do José Matias.

Não creio que escrevessem por cima do muro do jardim, como sob o regime paternal do Matos Miranda... O novo senhor, o homem robusto da bigodeira negra, impunha à divina Elisa, mesmo de longe, de entre as vinhas de Carcavelos, retraimento e prudência. E acalmada por aquele marido, moço e forte, menos sentiria agora a necessidade de algum encontro discreto na sombra tépida da noite, mesmo quando a sua elegância moral e o rígido idealismo do José Matias consentissem em aproveitar uma escada contra o muro... De resto, Elisa era fundamentalmente honesta; e conservava o respeito sagrado do seu corpo, por o sentir tão belo e cuidadosamente feito por Deus — mais do que da sua alma. E quem sabe?... Talvez a adorável mulher pertencesse à bela raça daquela marquesa italiana, a marquesa Júlia de Malfieri, que conservava dois amorosos ao seu doce serviço, um poeta para as delicadezas românticas e um cocheiro para as necessidades grosseiras.

Enfim, meu amigo, não psicologuemos mais sobre esta viva, atrás do morto que morreu por ela! O fato foi que Elisa e o seu amigo insensivelmente recaíram na velha união ideal, através dos jardins em flor. E em Outubro, como o Torres Nogueira continuava a vindimar em Carcavelos, o José Matias, para contemplar o terraço da Parreira, já abria de novo as vidraças, larga e extaticamente!

Parece que um tão estreme espiritualista, reconquistando a idealidade do antigo amor, devia reentrar também na antiga felicidade perfeita. Ele reinava na alma imortal de Elisa: — que importava que outro se ocupasse do seu corpo mortal? Mas não! O pobre moço sofria, angustiadamente. E, para sacudir a pungência destes tormentos, findou, ele tão sereno, duma tão doce harmonia de modos, por se tornar um agitado. Ah! meu amigo, que redemoinho e estrépito de vida! Desesperadamente, durante um ano, remexeu, aturdiu, escandalizou Lisboa! São desse tempo algumas das suas extravagâncias lendárias... Conhece a da ceia? Uma ceia oferecida a trinta ou quarenta mulheres das mais torpes e das mais sujas, apanhadas pelas negras vielas do Bairro Alto e da Mouraria, que depois mandou montar em burros, e gravemente, melancolicamente, posto na frente, sobre um grande cavalo branco, com um imenso chicote, conduziu aos altos da Graça, para saudar a aparição do Sol!

Mas todo este alarido não dissipou a dor — e foi então que, nesse Inverno, começou a jogar e a beber! Todo o dia se encerrava em casa (certamente por trás das vidraças, agora que Torres Nogueira regressara das vinhas), com olhos e alma cravados no terraço fatal; depois, à noite, quando as janelas de Elisa se apagavam, saía numa tipoia, sempre a mesma, a tipoia do *Gago*, corria à roleta do Bravo, depois ao clube do "Cavalheiro", onde jogava freneticamente até à tardia hora de cear, num gabinete de restaurante, com molhos de velas acesas, e o Colares, e o champanhe, e o conhaque, correndo em jorros desesperados.

E esta vida, espicaçada pelas Fúrias, durou anos, sete anos! Todas as terras que lhe deixara o tio Garmilde se foram, largamente jogadas e bebidas: e só lhe restava o casarão de Arroios e o dinheiro apressado, por que o hipotecara. Mas, subitamente, desapareceu de todos os antros de vinho e de jogo. E soubemos que o Torres Nogueira estava morrendo com uma anasarca!

Por esse tempo, e por causa dum negócio do Nicolau da Barca, que me telegrafara ansiosamente da sua quinta de Santarém (negócio embrulhado, duma letra), procurei o José Matias em Arroios, às dez horas, numa noite quente de Abril. O criado, enquanto me conduzia pelo corredor mal alumiado, já desadornado das ricas arcas e talhas da Índia do velho Garmilde, confessou que S. Ex.ª não acabara de jantar... E ainda me lembro, com um arrepio, da impressão desolada que me deu o desgraçado! Era no quarto que abria sobre os dois jardins. Diante duma janela, que as cortinas de damasco cerravam, a mesa resplandecia, com duas serpentinas, um cesto de rosas brancas, e algumas das nobres pratas do Garmilde: e ao lado, todo estendido numa poltrona, com o colete branco desabotoado, a face lívida descaída sobre o peito, um copo vazio na mão inerte, o José Matias parecia adormecido ou morto.

Quando lhe toquei no ombro, ergueu num sobressalto a cabeça, toda despenteada: "Que horas são?" Apenas lhe gritei, num gesto alegre, para o despertar, que era tarde, que eram dez, encheu precipitadamente o copo, da garrafa mais chegada, de vinho branco, e bebeu lentamente, com a mão a tremer, a tremer... Depois, arredando os cabelos da testa úmida: "Então que há de novo?" Esgazeado, sem compreender, escutou, como num sonho, o recado que lhe mandava o Nicolau. Por fim, com um suspiro, remexeu uma garrafa de champanhe dentro do balde em que ela gelava, encheu outro copo, murmurando: —"Um calor. Uma sede!..." Mas não bebeu: arrancou o corpo pesado à poltrona de verga, e forçou os passos malfirmes para a janela, a que abriu violentamente as cortinas, depois a vidraça... E ficou hirto, como colhido pelo silêncio e escuro sossego da noite estrelada. Eu espreitei, meu amigo! Na casa da Parreira duas janelas brilhavam, fortemente alumiadas, abertas à macia aragem. E essa claridade viva envolvia uma figura branca, nas longas pregas de um roupão branco, parada à beira do terraço, como esquecida numa contemplação. Era Elisa, meu amigo! Por trás, no fundo do quarto claro, o marido certamente arquejava, na opressão da anasarca. Ela, imóvel, repousava, mandando um doce olhar, talvez um sorriso, ao seu doce amigo. O miserável, fascinado, sem respirar, sorvia o encanto daquela visão benfazeja. E entre eles recendiam, na moleza da noite, todas as flores dos dois jardins. Subitamente Elisa recolheu, à pressa, chamada por algum gemido ou impa-

CIVILIZAÇÃO E OUTROS CONTOS   79

ciência do pobre Torres. E as janelas logo se fecharam, toda a luz e vida se sumiram na casa da Parreira.

Então José Matias, com um soluço despedaçado, de trasbordante tormento, cambaleou, tão ansiadamente se agarrou à cortina que a rasgou, e tombou desamparado nos braços que lhe estendi, e em que o arrastei para a cadeira, pesadamente, como a um morto ou a um bêbedo. Mas, volvido um momento, com espanto meu, o extraordinário homem descerra os olhos, sorri num lento e inerte sorriso, murmura quase serenamente: — "É o calor... Está um calor! Você não quer tomar chá?"

Recusei e abalei — enquanto ele, indiferente à minha fuga, estendido na poltrona, acendia tremulamente um imenso charuto.

Santo Deus! Já estamos em Santa Isabel! Como estes lagoias vão arrastando depressa o pobre José Matias para o pó e para o verme final! Pois, meu amigo, depois dessa curiosa noite, o Torres Nogueira morreu. A divina Elisa, durante o novo luto, recolheu à quinta duma cunhada também viúva, à "Corte Moreira", ao pé de Beja. E o José Matias inteiramente se sumiu, se evaporou, sem que me revoassem novas dele, mesmo incertas — tanto mais que o íntimo por quem as conheceria, o nosso brilhante Nicolau da Barca, partira para a ilha da Madeira, com o seu derradeiro pedaço de pulmão, sem esperança, por dever clássico, quase dever social, de tísico.

Todo esse ano, também, andei enfronhado no meu *Ensaio dos Fenômenos Afetivos*. Depois, um dia, no começo do Verão, descendo pela Rua de S. Bento, com os olhos levantados, a procurar o nº 214, onde se catalogava a livraria do Morgado de Azemel, quem avisto eu à varanda duma casa nova e de esquina? A divina Elisa, metendo folhas de alface na gaiola de um canário! E bela, meu amigo! Mais cheia e mais harmoniosa, toda madura, e suculenta, e desejável, apesar de ter festejado em Beja os seus quarenta e dois anos! Mas aquela mulher era da grande raça de Helena que, quarenta anos também depois do cerco de Troia, ainda deslumbrava os homens mortais e os deuses imortais. E, curioso acaso! logo nessa tarde, pelo Seco, o João Seco da Biblioteca, que catalogava a livraria do Morgado, conheci a nova história desta Helena admirável.

A divina Elisa tinha agora um amante... E unicamente por não poder, com a sua costumada honestidade, possuir um legítimo e terceiro marido. O ditoso moço que ela adorava era com efeito casado... Casado em Beja[12] com uma espanhola que, ao cabo dum ano desse casamento e de outros requebros, partira para Sevilha, passar devotamente a Semana Santa, e lá adormecera nos braços dum riquíssimo criador de gado. O marido, pacato apontador de Obras Públicas, continuara em Beja, onde também vagamente ensinava um vago desenho... Ora uma das suas discípulas era a filha da senhora da "Corte Moreira": e aí na quinta, enquanto ele guiava o esfuminho da menina, Elisa o conheceu e

---

12 *Beja*: cidade do sul de Portugal.

EÇA DE QUEIRÓS

o amou, com uma paixão tão urgente que o arrancou precipitadamente às Obras Públicas, e o arrastou a Lisboa, cidade mais propícia do que Beja a uma felicidade escandalosa, e que se esconde. O João Seco é de Beja, onde passara o Natal; conhecia perfeitamente o apontador, as senhoras da "Corte Moreira"; e compreendeu o romance, quando das janelas desse nº 214, onde catalogava a livraria do Azemel, reconheceu Elisa na varanda da esquina, e o apontador enfiando regaladamente o portão, bem vestido, bem calçado, de luvas claras, com aparência de ser infinitamente mais ditoso naquelas obras particulares do que nas Públicas.

E dessa mesma janela do 214 o conheci eu também, o apontador! Belo moço, sólido, branco, de barba escura, em excelentes condições de quantidade (e talvez mesmo de qualidade) para encher um coração viúvo, e portanto "vazio", como diz a Bíblia. Eu frequentava esse nº 214, interessado no catálogo da livraria, porque o Morgado de Azemel possuía, pelo irônico acaso das heranças, uma coleção incomparável dos filósofos do século XVIII. E passadas semanas, saindo desses livros uma noite (o João Seco trabalhava de noite) e parando adiante, à beira dum portal aberto, para acender o charuto, enxergo à luz tremente do fósforo, metido na sombra, o José Matias! Mas que José Matias, meu caro amigo! Para o considerar mais detidamente, raspei outro fósforo. Pobre José Matias! Deixara crescer a barba, uma barba rara, indecisa, suja, mole como cotão amarelado: deixara crescer o cabelo, que lhe surdia em farripas secas de sob um velho chapéu-coco: mas todo ele, no resto, parecia diminuído, minguado, dentro duma quinzena de mescla enxovalhada, e dumas calças pretas, de grandes bolsos, onde escondia as mãos com o gesto tradicional, tão infinitamente triste, da miséria ociosa. Na espantada lástima que me tomou, apenas balbuciei: "Ora esta! Você! Então que é feito?" E ele, com a sua mansidão polida, mas secamente, para se desembaraçar, e numa voz que a aguardente enrouquecera: "Por aqui, à espera de um sujeito". Não insisti, segui. Depois, adiante, parando, verifiquei o que num relance adivinhara — que o portal negro ficava em frente ao prédio novo e às varandas de Elisa!

Pois, meu amigo, três anos viveu o José Matias encafuado naquele portal!

Era um desses pátios da Lisboa antiga, sem porteiro, sempre escancarados, sempre sujos, cavernas laterais da rua, de onde ninguém escorraça os escondidos da miséria ou da dor. Ao lado havia uma taverna. Infalivelmente, ao anoitecer, o José Matias descia a Rua de S. Bento, colado aos muros, e, como uma sombra, mergulhava na sombra do portal. A essa hora já as janelas de Elisa luziam, de Inverno embaciadas pela névoa fina, de Verão ainda abertas e arejando no repouso e na calma. E para elas, imóvel, com as mãos nas algibeiras, o José Matias se quedava em contemplação. Cada meia hora, sutilmente, enfiava para a taverna. Copo de vinho, copo de aguardente — e, de mansinho, recolhia à negrura do portal, ao seu êxtase. Quando as janelas de Elisa se apagavam, ainda através da longa noite, mesmo das negras noites de Inverno — encolhido, transido, a bater as solas rotas no lajedo, ou sentado ao fundo, nos degraus da escada — ficava esmagando os olhos turvos na fachada negra daquela casa, onde a sabia dormindo com o outro!

CIVILIZAÇÃO E OUTROS CONTOS 81

Ao princípio, para fumar um cigarro apressado, trepava até ao patamar deserto, a esconder o lume que o denunciaria no seu esconderijo. Mas depois, meu amigo, fumava incessantemente, colado à ombreira, puxando o cigarro com ânsia, para que a ponta rebrilhasse, o alumiasse! E percebe por quê, meu amigo?... Porque Elisa já descobrira que, dentro daquele portal, a adorar submissamente as suas janelas, com a alma de outrora, estava o seu pobre José Matias!...

E acreditará o meu amigo que então, todas as noites, ou por trás da vidraça ou encostada à varanda (com o apontador dentro, estirado no sofá, já de chinelas, lendo o *Jornal da Noite*) ela se demorava a fitar o portal, muito quieta, sem outro gesto, naquele antigo e mudo olhar do terraço por sobre as rosas e as dálias? O José Matias percebera, deslumbrado. E agora avivava desesperadamente o lume, como um farol, para guiar na escuridão os amados olhos dela, e lhe mostrar que ali estava, transido, todo seu, e fiel!

De dia nunca ele passava na Rua de S. Bento. Como ousaria, com o jaquetão roto nos cotovelos e as botas cambadas? Porque aquele moço de elegância sóbria e fina tombara na miséria do andrajo. Onde arranjava mesmo, cada dia, os três patacos para o vinho e para a posta de bacalhau nas tavernas? Não sei... Mas louvemos a divina Elisa, meu amigo! Muito delicadamente, por caminhos arredados e astutos, ela, rica, procurara estabelecer uma pensão ao José Matias, mendigo. Situação picante, hem? A grata senhora dando duas mesadas aos seus dois homens — o amante do corpo e o amante da alma! Ele, porém, adivinhou de onde procedia a pavorosa esmola — e recusou, sem revolta, nem alarido de orgulho, até com enternecimento, até com uma lágrima nas pálpebras que a aguardente inflamara!

Mas só com noite muito cerrada ousava descer à Rua de S. Bento, e enfiar para o seu portal. E adivinha o meu amigo como ele gastava o dia? A espreitar, a seguir, a farejar o apontador de Obras Públicas! Sim, meu amigo! Uma curiosidade insaciada, frenética, atroz, por aquele homem, que Elisa escolhera!... Os dois anteriores, o Miranda e o Nogueira, tinham entrado na alcova de Elisa, publicamente, pela porta da Igreja, e para outros fins humanos além do amor — para possuir um lar, talvez filhos, estabilidade e quietação na vida. Mas este era meramente o amante, que ela nomeara e mantinha só para ser amada: e nessa união não aparecia outro motivo racional senão que os dois corpos se unissem. Não se fartava, portanto, de o estudar, na figura, na roupa, nos modos, ansioso por saber bem como era esse homem, que, para se completar, a sua Elisa preferira entre a turba dos homens. Por decência, o apontador morava na outra extremidade da Rua S. Bento, diante do Mercado. E essa parte da rua, onde o não surpreenderiam, na sua pelintrice, os olhos de Elisa, era o paradeiro do José Matias, logo de manhã, para mirar, farejar o homem, quando ele recolhia da casa de Elisa, ainda quente do calor da sua alcova. Depois não o largava, cautelosamente, como um larápio, rastejando de longe o seu rasto. E eu suspeito que o seguia assim, menos por curiosidade perversa, do que para verificar se, através das tentações de Lisboa, terríveis para um apontador de Beja, o homem conservava o corpo fiel a Elisa. Em serviço da felicidade dela — fiscalizava o amante da mulher que amava!

82   EÇA DE QUEIRÓS

Requinte furioso de espiritualismo e devoção, meu amigo! A alma de Elisa era sua e recebia perenemente a adoração perene: e agora queria que o corpo de Elisa não fosse menos adorado, nem menos lealmente, por aquele a quem ela entregara o corpo! Mas o apontador era facilmente fiel a uma mulher tão formosa, tão rica, de meias de seda, de brilhantes nas orelhas, que o deslumbrava. E quem sabe, meu amigo? Talvez esta fidelidade, preito carnal à divindade de Elisa, fosse para o José Matias a derradeira felicidade que lhe concedeu a vida. Assim me persuado, porque, no Inverno passado, encontrei o apontador, numa manhã de chuva, comprando camélias a um florista da Rua do Ouro; e defronte, a uma esquina, o José Matias, escaveirado, esfrangalhado, cocava o homem, com carinho, quase com gratidão! E talvez nessa noite, no portal, tiritando, batendo as solas encharcadas, com os olhos enternecidos nas escuras vidraças, pensasse: "Coitadinha, pobre Elisa! Ficou bem contente por ele lhe trazer as flores!"

Isto durou três anos.

Enfim, meu amigo, antes de ontem, o João Seco apareceu em minha casa, de tarde, esbaforido: "Lá levaram o José Matias, numa maca, para o hospital, com uma congestão nos pulmões!"

Parece que o encontraram, de madrugada, estirado no ladrilho, todo encolhido no jaquetão delgado, arquejando, com a face coberta de morte, voltada para as varandas de Elisa. Corri ao hospital. Morrera... Subi, com o médico de serviço, à enfermaria. Levantei o lençol que o cobria. Na abertura da camisa suja e rota, preso ao pescoço por um cordão, conservava um saquinho de seda, puído e sujo também. Decerto continha flor, ou cabelos, ou pedaço de renda de Elisa, do tempo do primeiro encanto e das tardes de Benfica... Perguntei ao médico, que o conhecia e o lastimava, se ele sofrera. "Não! Teve um momento comatoso, depois arregalou os olhos, exclamou *Oh!* com grande espanto e ficou."

Era o grito da alma, no assombro e horror de morrer também? Ou era a alma triunfando por se reconhecer enfim imortal e livre? O meu amigo não sabe; nem o soube o divino Platão[13]; nem o saberá o derradeiro filósofo na derradeira tarde do mundo.

Chegamos ao cemitério. Creio que devemos pegar às borlas do caixão... Na verdade, é bem singular este Alves *Capão*, seguindo tão sentidamente o nosso pobre espiritualista... Mas, Santo Deus, olhe! Além, à espera, à porta da igreja, aquele sujeito compenetrado, de casaca, com paletó alvadio... É o apontador de Obras Públicas! E traz um grosso ramo de violetas... Elisa mandou o seu amante carnal acompanhar à cova e cobrir de flores o seu amante espiritual! Mas, oh meu amigo, pensemos que, certamente, nunca ela pediria ao José Matias para espalhar violetas sobre o cadáver do apontador! É que sempre a Matéria, mesmo sem o compreender, sem dele tirar a sua felicidade, adorará o Espírito, e sempre a si própria, através dos gozos que de si

---

13 *Platão* (428-348 a.C.): célebre filósofo grego.

CIVILIZAÇÃO E OUTROS CONTOS

recebe, se tratará com brutalidade e desdém! Grande consolo, meu amigo, este apontador com o seu ramo, para um metafísico que, como eu, comentou Espinosa e Mallebranche, reabilitou Fichte[14], e provou suficientemente a ilusão da sensação! Só por isto valeu a pena trazer à sua cova este inexplicado José Matias, que era talvez muito mais que um homem — ou talvez ainda menos que um homem... Com efeito, está frio... Mas que linda tarde!

---

14 Alusão a três filósofos importantes: Espinosa (1632-1677), Mallebranche (1638-1715) e Fichte (1762-1814).

O SUAVE MILAGRE

Nesse tempo[1] Jesus ainda se não afastara da Galileia e das doces, luminosas margens do lago de Tiberíades — mas a nova dos seus milagres penetrara já até Enganim, cidade rica, de muralhas fortes, entre olivais e vinhedos, no país de Issacar.

Uma tarde um homem de olhos ardentes e deslumbrados passou no fresco vale, e anunciou que um novo profeta, um rabi formoso, percorria os campos e as aldeias da Galileia, predizendo a chegada do reino de Deus, curando todos os males humanos. E enquanto descansava, sentado à beira da *Fonte dos Vergéis*, contou ainda que esse rabi, na estrada de Magdala, sarara da lepra o servo dum decurião romano, só com estender sobre ele a sombra das suas mãos; e que noutra manhã, atravessando numa barca para a terra dos Gerasenos, onde começava a colheita do bálsamo, ressuscitara a filha de Jairo, homem considerável e douto que comentava os Livros na sinagoga. E como em redor, assombrados, seareiros, pastores, e as mulheres trigueiras com a bilha no ombro, lhe perguntassem se esse era, em verdade, o Messias de Judeia, e se diante dele refulgia a espada de fogo, e se o ladeavam, caminhando como as sombras de duas torres, as sombras de Gog e de Magog — o homem, sem mesmo beber daquela água tão fria de que bebera Josué, apanhou o cajado, sacudiu os cabelos, e meteu pensativamente por sob o Aqueduto, logo sumido na espessura das amendoeiras em flor. Mas uma esperança, deliciosa como o orvalho nos meses em que canta a cigarra, refrescou as almas simples: logo, por toda a campina que verdeja até Áscalon, o arado pareceu mais brando de enterrar, mais leve de mover a pedra do lagar: as crianças, colhendo ramos de anêmonas, espreitavam pelos caminhos se além da esquina do muro, ou de sob o sicômoro, não surgiria uma claridade: e nos bancos de pedra, às portas da cidade, os velhos, correndo os dedos pelos fios das barbas, já não desenrolavam, com tão sapiente certeza, os ditames antigos.

Ora então vivia em Enganim um velho, por nome Obed, duma família pontifical de Samaria, que sacrificara nas aras do monte Ebal, senhor de fartos rebanhos e de fartas vinhas — e com o coração tão cheio de orgulho como o seu celeiro de trigo. Mas um vento árido e abrasado, esse vento de desolação que ao mando do Senhor sopra das torvas terras de Assur, matara as reses mais gordas das suas manadas, e pelas encostas onde as suas vinhas se enroscavam ao olmo, e se estiravam na latada airosa, só deixara, em torno dos olmos e pilares despidos, sarmentos, cepas mirradas, e a parra roída de crespa ferrugem. E Obed, agachado à soleira da sua porta, com a ponta do manto sobre a face, palpava a poeira, lamentava a velhice, ruminava queixumes contra Deus cruel.

---

1   *"Nesse tempo..."*: o autor abre o conto traduzindo a expressão latina *in illo tempore*, usada frequentemente na versão latina do Novo Testamento.

CIVILIZAÇÃO E OUTROS CONTOS 85

Apenas ouvira falar desse novo rabi da Galileia, que alimentava as multidões, amedrontava os demônios, emendava todas as desventuras — Obed, homem lido, que viajara na Fenícia, logo pensou que Jesus seria um desses feiticeiros, tão acostumados na Palestina, como Apolônio, ou rabi Ben-Dossa, ou Simão, o Sutil. Esses, mesmo nas noites tenebrosas, conversam com as estrelas, para eles sempre claras e fáceis nos seus segredos: com uma vara afugentam de sobre as searas os moscardos gerados nos lodos do Egito: e agarram entre os dedos as sombras das árvores, que conduzem, como toldos benéficos, para cima das eiras, à hora da sesta. Jesus da Galileia, mais novo, com magias mais viçosas decerto, se ele largamente o pagasse, sustaria a mortandade dos seus gados, reverdeceria os seus vinhedos. Então Obed ordenou aos seus servos que partissem, procurassem por toda a Galileia o rabi novo, e com promessa de dinheiros ou alfaias o trouxessem a Enganim, no país de Issacar.

Os servos apertaram os cinturões de couro — e largaram pela estrada das caravanas, que, costeando o lago, se estende até Damasco. Uma tarde, avistaram sobre o poente, vermelho como uma romã muito madura, as neves finas do monte Hérmon. Depois, na frescura duma manhã macia, o lago de Tiberíades resplandeceu diante deles, transparente, coberto de silêncio, mais azul que o céu, todo orlado de prados floridos, de densos vergéis, de rochas de pórfiro, e de alvos terraços por entre os palmares, sob o voo das rolas. Um pescador que desamarrava preguiçosamente a sua barca duma ponta de relva, assombreada de aloendros, escutou, sorrindo, os servos. O rabi de Nazaré? Oh! Desde o mês de Ijar, o rabi descera, com os seus discípulos, para os lados para onde o Jordão leva as águas.

Os servos, correndo, seguiram pelas margens do rio, até adiante do vau, onde ele se estira num largo remanso, e descansa, e um instante dorme, imóvel e verde, à sombra dos tamarindos. Um homem da tribo dos Essênios, todo vestido de linho branco, apanhava lentamente ervas salutares, pela beira da água, com um cordeirinho branco ao colo. Os servos humildemente saudaram-no, porque o povo ama aqueles homens de coração tão limpo, e claro, e cândido como as suas vestes cada manhã lavadas em tanques purificados. E sabia ele da passagem do novo rabi da Galileia que, como os Essênios, ensinava a doçura, e curava as gentes e os gados? O essênio murmurou que o rabi atravessara o oásis de Engadi, depois se adiantara para além... — Mas onde, "além"? — Movendo um ramo de flores roxas que colhera, o essênio mostrou as terras de além-Jordão, a planície de Moab. Os servos vadearam o rio — e debalde procuraram Jesus, arquejando pelos rudes trilhos, até às fragas onde se ergue a cidadela sinistra de Makaur... No Poço de Jacob repousava uma larga caravana, que conduzia para o Egito mirra, especiarias e bálsamos de Gilead: e os cameleiros, tirando a água com os baldes de couro, contaram aos servos de Obed que em Gadara, pela Lua nova, um rabi maravilhoso, maior que David ou Isaías, arrancara sete demônios do peito duma tecedeira, e que, à sua voz, um homem degolado pelo salteador Barrabás se erguera da sua sepultura e recolhera ao seu horto. Os servos, esperançados, subiram logo açodadamente pelo caminho dos Peregrinos até Gadara, cidade de altas torres, e ainda mais longe até às Nascentes de Amalha... Mas Jesus, nessa madrugada, seguido por um povo que cantava e sacudia ramos de mimosa, embarcara no lago, num batel de pesca, e à vela navegara para Magdala. E os servos de Obed, descoroçoados, de novo passaram o Jordão na Ponte das Filhas de Jacob. Um dia, já com as sandálias rotas dos longos caminhos, pisando já as terras da Judeia romana, cruzaram um fariseu sombrio, que recolhia a Efraim, montado na sua mula. Com devota reverência detiveram o homem da Lei. Encontrara ele, por acaso, esse profeta novo da Galileia que, como um deus passeando na terra, semeava milagres? A adunca face do fariseu escureceu enrugada — e a sua cólera retumbou como um tambor orgulhoso:

— Oh escravos pagãos! Oh blasfemos! Onde ouvistes que existissem profetas ou milagres fora de Jerusalém? Só Jeová[2] tem força no seu Templo. De Galileia surdem os néscios e os impostores...

E como os servos recuavam ante o seu punho erguido, todo enrodilhado de dísticos sagrados — o furioso Doutor saltou da mula e, com as pedras da estrada, apedrejou os servos de Obed, uivando *raca! raca!* e todos os anátemas rituais. Os servos fugiram para Enganim. E grande foi a desconsolação de Obed, porque os seus gados morriam, as suas vinhas secavam — e todavia, radiantemente, como uma alvorada por detrás de serras, crescia, consoladora e cheia de promessas divinas, a fama de Jesus da Galileia.

Por esse tempo, um centurião romano, Públio Séptimo, comandava o forte que domina o vale de Cesareia, até à cidade e ao mar. Públio, homem áspero, veterano da campanha de Tibério contra os Partos, enriquecera durante a revolta de Samaria com presas e saques, possuía minas na Ática, e gozava, como favor supremo dos deuses, a amizade de Flaco, legado imperial da Síria. Mas uma dor roía a sua prosperidade muito poderosa, como um verme rói um fruto muito suculento. Sua filha única, para ele mais amada que vida e bens, definhava com um mal sutil e lento, estranho mesmo ao saber dos esculápios e mágicos que ele mandara consultar a Sídon e a Tiro. Branca e triste como a Lua num cemitério, sem um queixume, sorrindo palidamente a seu pai, definhava, sentada na alta esplanada do forte, sob um velário, alongando saudosamente os negros olhos tristes pelo azul do mar de Tiro, por onde ela navegara de Itália, numa opulenta galera. Ao seu lado, por vezes, um legionário, entre as ameias, apontava vagarosamente ao alto a flecha, e varava uma grande águia, voando de asa serena, no céu rutilante. A filha de Séptimo seguia um momento a ave, torneando até bater morta sobre as rochas: depois, com um suspiro, mais triste e mais pálida, recomeçava a olhar para o mar.

Então Séptimo, ouvindo contar, a mercadores de Corazim, deste rabi admirável, tão potente sobre os espíritos, que sarava os males tenebrosos da alma,

---

2 *Jeová*: nome de Deus, no Antigo Testamento.

CIVILIZAÇÃO E OUTROS CONTOS

destacou três decúrias de soldados para que o procurassem pela Galileia, e por todas as cidades da Decápolis, até à costa e até Áscalon. Os soldados enfiaram os escudos nos sacos de lona, espetaram nos elmos ramos de oliveira — e as suas sandálias ferradas apressadamente se afastaram, ressoando sobre as lajes de basalto da estrada romana, que, desde Cesareia até ao lago, corta toda a tetrarquia de Herodes. As suas armas, de noite, brilhavam no topo das colinas, por entre a chama ondeante dos archotes erguidos. De dia invadiam os casais, rebuscavam a espessura dos pomares, esfuracavam com a ponta das lanças a palha das medas: e as mulheres, assustadas, para os amansar, logo acudiam com bolos de mel, figos novos, e malgas cheias de vinho, que eles bebiam dum trago, sentados à sombra dos sicômoros. Assim correram a Baixa Galileia — e do rabi só encontraram o sulco luminoso nos corações. Enfastiados com as inúteis marchas, desconfiando que os Judeus sonegassem o seu feiticeiro para que romanos não aproveitassem do superior feitiço, derramavam com tumulto a sua cólera, através da piedosa terra submissa. À entrada das pontes detinham os peregrinos, gritando o nome do rabi, rasgando os véus às virgens: e, à hora em que os cântaros se enchem nas cisternas, invadiam as ruas estreitas dos burgos, penetravam nas sinagogas, e batiam sacrilegamente com os punhos das espadas nas *thebahs*, os santos armários de cedro que continham os Livros Sagrados. Nas cercanias de Hébron arrastaram os solitários pelas barbas para fora das grutas, para lhes arrancar o nome do deserto ou do palmar em que se ocultava o rabi — e dois mercadores fenícios que vinham de Jopé com uma carga de malóbatro, e a quem nunca chegara o nome de Jesus, pagaram por esse delito cem dracmas a cada decurião. Já a gente dos campos, mesmo os bravios pastores de Idumeia, que levam as reses brancas para o Templo, fugiam espavoridos para as serranias, apenas luziam, nalguma volta do caminho, as armas do bando violento. E da beira dos eirados, as velhas sacudiam como taleigos a ponta dos cabelos desgrenhados, e arrojavam sobre eles as más sortes, invocando a vingança de Elias[3]. Assim tumultuosamente erraram até Áscalon: não encontraram Jesus: e retrocederam ao longo da costa, enterrando as sandálias nas areias ardentes.

Uma madrugada, perto de Cesareia, marchando num vale, avistaram sobre um outeiro um verde-negro bosque de loureiros, onde alvejava, recolhidamente, o fino e claro pórtico dum templo. Um velho, de compridas barbas brancas, coroado de folhas de louro, vestido com uma túnica cor de açafrão, segurando uma curta lira de três cordas, esperava gravemente, sobre os degraus de mármore, a aparição do Sol. Debaixo, agitando um ramo de oliveira, os soldados bradaram pelo sacerdote. Conhecia ele um novo profeta que surgira na Galileia, e tão destro em milagres que ressuscitava os mortos e mudava a água em vinho? Serenamente, alargando os braços, o sereno velho exclamou por sobre a rociada verdura do vale:

---

3 *Elias*: um dos profetas citados no Velho Testamento.

88 EÇA DE QUEIRÓS

— Oh Romanos! Pois acreditais que em Galileia ou Judeia apareçam profetas consumando milagres? Como pode um bárbaro alterar a Ordem instituída por Zeus[4]?... Mágicos e feiticeiros são vendilhões, que murmuram palavras ocas, para arrebatar a espórtula dos simples... Sem a permissão dos Imortais nem um galho seco pode tombar da árvore, nem seca folha pode ser acudida na árvore. Não há profetas, não há milagres... Só Apolo Délfico[5] conhece o segredo das coisas!

Então, devagar, com a cabeça derrubada, como numa tarde de derrota, os soldados recolheram à fortaleza de Cesareia. E grande foi o desespero de Séptimo, porque sua filha morria, sem um queixume, olhando o mar de Tiro — e todavia a fama de Jesus, curador dos lânguidos males, crescia, sempre mais consoladora e fresca, como a aragem da tarde que sopra do Hérmon e, através dos hortos, reanima e levanta as açucenas pendidas.

Ora entre Enganim e Cesareia, num casebre desgarrado, sumido na prega dum cerro, vivia a esse tempo uma viúva, mais desgraçada mulher que todas as mulheres de Israel. O seu filhinho único, todo aleijado, passara do magro peito a que ela o criara para os farrapos da enxerga apodrecida, onde jazera, sete anos passados, mirrando e gemendo. Também a ela a doença a engelhara dentro dos trapos nunca mudados, mais escura e torcida que uma cepa arrancada. E, sobre ambos, espessamente a miséria cresceu como o bolor sobre cacos perdidos num ermo. Até na lâmpada de barro vermelho secara há muito o azeite. Dentro da arca pintada não restava grão ou côdea. No Estio, sem pasto, a cabra morrera. Depois, no quinteiro, secara a figueira. Tão longe do povoado, nunca esmola de pão ou mel entrava o portal. E só ervas apanhadas nas fendas das rochas, cozidas sem sal, nutriam aquelas criaturas de Deus na Terra Escolhida, onde até às aves maléficas sobrava o sustento!

Um dia um mendigo entrou no casebre, repartiu do seu farnel com a mãe amargurada, e um momento sentado na pedra da lareira, coçando as feridas das pernas, contou dessa grande esperança dos tristes, esse rabi que aparecera na Galileia, e de um pão no mesmo cesto fazia sete, e amava todas as criancinhas, e enxugava todos os prantos, e prometia aos pobres um grande e luminoso reino, de abundância maior que a corte de Salomão. A mulher escutava, com olhos famintos. E esse doce rabi, esperança dos tristes, onde se encontrava? O mendigo suspirou. Ah! Esse doce rabi! Quantos o desejavam, que se desesperançavam! A sua fama andava por sobre toda a Judeia, como o sol que até por qualquer velho muro se estende e se goza; mas para enxergar a claridade do seu rosto, só aqueles ditosos que o seu desejo escolhia. Obed, tão rico, mandara os seus servos por toda a Galileia para que procurassem Jesus, o chamassem com promessas a Enganim; Séptimo, tão soberano, destacara os seus soldados até à costa do mar, para que buscassem Jesus, o conduzissem, por seu mando, a Cesareia. Errando, esmolando por tantas estradas, ele to-

---

4   *Zeus*: nome do deus supremo na mitologia grega. Corresponde a Júpiter na mitologia romana.
5   *Apolo Délfico*: na mitologia grega, é filho de Zeus e adorado como deus da adivinhação e da música.

CIVILIZAÇÃO E OUTROS CONTOS   **89**

para os servos de Obed, depois os legionários de Séptimo. E todos voltavam, como derrotados, com as sandálias rotas, sem ter descoberto em que mata ou cidade, em que toca ou palácio, se escondia Jesus.

A tarde caía. O mendigo apanhou o seu bordão, desceu pelo duro trilho, entre a urze e a rocha. A mãe retomou o seu canto, mais vergada, mais abandonada. E então o filhinho, num murmúrio mais débil que o roçar de uma asa, pediu à mãe que lhe trouxesse esse rabi, que amava as criancinhas ainda as mais pobres, sarava os males ainda os mais antigos. A mãe apertou a cabeça esguedelhada:

— Oh filho! e como queres que te deixe, e me meta aos caminhos, à procura do rabi da Galileia? Obed é rico e tem servos, e debalde buscaram Jesus, por areais e colinas, desde Corazim até ao país de Moab. Séptimo é forte, e tem soldados, e debalde correram por Jesus, desde o Hébron até ao mar! Como queres que te deixe? Jesus anda por muito longe e a nossa dor mora conosco, dentro destas paredes, e dentro delas nos prende. E mesmo que o encontrasse, como convenceria eu o rabi tão desejado, por quem ricos e fortes suspiram, a que descesse através das cidades até este ermo, para sarar um entrevadinho tão pobre, sobre enxerga tão rota?

A criança, com duas longas lágrimas na face magrinha, murmurou:

— Oh mãe! Jesus ama todos os pequeninos. E eu ainda tão pequeno, e com um mal tão pesado, e que tanto queria sarar!

E a mãe, em soluços:

— Oh meu filho, como te posso deixar? Longas são as estradas da Galileia, e curta a piedade dos homens. Tão rota, tão trôpega, tão triste, até os cães me ladrariam da porta dos casais. Ninguém atenderia o meu recado, e me apontaria a morada do doce rabi. Oh filho! talvez Jesus morresse... Nem mesmo os ricos e os fortes o encontram. O Céu o trouxe, o Céu o levou. E com ele para sempre morreu a esperança dos tristes.

De entre os negros trapos, erguendo as suas pobres mãozinhas que tremiam, a criança murmurou:

— Mãe, eu queria ver Jesus...

E logo, abrindo devagar a porta e sorrindo, Jesus disse à criança:

— Aqui estou[6].

---

6 A criança sofredora, abandonada por todos, consegue aquilo que os ricos e poderosos não puderam conseguir. O conto reafirma a mensagem profunda do evangelho de que Jesus veio para confortar os que sofrem, os que são marginalizados.

O Tesouro

I

Os três irmãos de Medranhos, Rui, Guannes e Rostabal, eram então, em todo o Reino das Astúrias, os fidalgos mais famintos e os mais remendados[1].

Nos Paços de Medranhos, a que o vento da serra levara vidraça e telha, passavam eles as tardes desse Inverno, engelhados nos seus pelotes de camelão, batendo as solas rotas sobre as lajes da cozinha, diante da vasta lareira negra, onde desde muito não estalava lume, nem fervia a panela de ferro. Ao escurecer devoravam uma côdea de pão negro, esfregada com alho. Depois, sem candeia, através do pátio, fendendo a neve, iam dormir à estrebaria, para aproveitar o calor das três éguas lazarentas que, esfaimadas como eles, roíam as traves da manjedoura. E a miséria tornara estes senhores mais bravios que lobos.

Ora, na Primavera, por uma silenciosa manhã de domingo, andando todos três na mata de Roquelanes a espiar pegadas de caça e a apanhar tortulhos entre os robles, enquanto as três éguas pastavam a relva nova de Abril — os irmãos de Medranhos encontraram, por trás de uma moita de espinheiros, numa cova de rocha, um velho cofre de ferro. Como se o resguardasse uma torre segura, conservava as suas três chaves nas suas três fechaduras. Sobre a tampa, mal decifrável através da ferrugem, corria um dístico em letras árabes. E dentro, até às bordas, estava cheio de dobrões de ouro!

No terror e esplendor da emoção, os três senhores ficaram mais lívidos do que círios. Depois, mergulhando furiosamente as mãos no ouro, estalaram a rir, num riso de tão larga rajada, que as folhas tenras dos olmos, em roda, tremiam... E de novo recuaram, bruscamente se encararam, com os olhos a flamejar, numa desconfiança tão desabrida que Guannes e Rostabal apalpavam nos cintos os cabos das grandes facas. Então Rui, que era gordo e ruivo, e o mais avisado, ergueu os braços como um árbitro, e começou por decidir que o tesouro, ou viesse de Deus ou do Demônio, pertencia aos três, e entre eles se repartiria, rigidamente, pesando-se o ouro em balanças. Mas como poderiam carregar para Medranhos, para os cimos da serra, aquele cofre tão cheio? Nem convinha que saíssem da mata com o seu bem, antes de cerrar a escuridão. Por isso ele entendia que o mano Guannes, como mais leve, devia trotar para a vila vizinha de Retortilho, levando já ouro na bolsinha, a comprar três alforges de couro, três maquias de cevada, três empadões de carne, e três botelhas de vinho. Vinho e carne eram para eles, que não comiam desde a véspera: a cevada era para as éguas. E assim refeitos, senhores e cavalgaduras, ensacariam o ouro nos alforjes, e subiriam para Medranhos, sob a segurança da noite sem Lua.

---

1 Este conto é uma reelaboração de uma das histórias do livro *Os contos de Canterbury*, do escritor inglês Geoffrey Chaucer (1340-1400). É um bom exemplo da temática medieval que Eça de Queirós explorou algumas vezes.

CIVILIZAÇÃO E OUTROS CONTOS 91

— Bem tramado! — gritou Rostabal, homem mais alto que um pinheiro, de longa guedelha, e com uma barba que lhe caía desde os olhos raiados de sangue até à fivela do cinturão.

Mas Guannes não se arredava do cofre, enrugado, desconfiado, puxando entre os dedos a pele negra do seu pescoço de grou. Por fim, brutalmente:

— Manos! O cofre tem três chaves... Eu quero fechar a minha fechadura e levar a minha chave!

— Também eu quero a minha, mil raios! — rugiu logo Rostabal.

Rui sorriu. Decerto, decerto!! A cada dono do ouro cabia uma das chaves que o guardavam. E cada um em silêncio, agachado ante o cofre, cerrou a sua fechadura com força. Imediatamente Guannes, desanuviado, saltou na égua, meteu pela vereda de olmos, a caminho de Retortilho, atirando aos ramos a sua cantiga costumada e dolente:

Olé! olé!
Sale ia cruz de la iglesia,
Vestida de negro iuto...

II

Na clareira, em frente à moita que encobria o tesouro (e que os três tinham desbastado a cutiladas) um fio de água, brotando entre rochas, caía sobre uma vasta laje escavada, onde fazia como um tanque, claro e quieto, antes de se escoar para as relvas altas. E ao lado, na sombra de uma faia, jazia um velho pilar de granito, tombado e musgoso. Ali vieram sentar-se Rui e Rostabal, com os seus tremendos espadões entre os joelhos. As duas éguas tosavam a boa erva pintalgada de papoilas e botões-de-ouro. Pela ramaria andava um melro a assobiar. Um cheiro errante de violetas adoçava o ar luminoso. E Rostabal, olhando o Sol, bocejava com fome.

Então Rui, que tirara o *sombrero* e lhe cofiava as velhas plumas roxas, começou a considerar, na sua fala avisada e mansa, que Guannes, nessa manhã, não quisera descer com eles à mata de Roquelanes. E assim era a sorte ruim! Pois que se Guannes tivesse quedado em Medranhos, só eles dois teriam descoberto o cofre, e só entre eles dois se dividiria o ouro! Grande pena! Tanto mais que a parte de Guannes seria em breve dissipada, com rufiões, aos dados, pelas tavernas.

— Ah! Rostabal, Rostabal! Se Guannes, passando aqui sozinho, tivesse achado este ouro, não dividia conosco, Rostabal!

O outro rosnou surdamente e com furor, dando um puxão às barbas negras:

— Não, mil raios! Guannes é sôfrego... Quando o ano passado, se te lembras, ganhou os cem ducados ao espadeiro de Fresno, nem me quis emprestar três para eu comprar um gibão novo!

— Vês tu? — gritou Rui, resplandecendo.

92 EÇA DE QUEIRÓS

Ambos se tinham erguido do pilar de granito, como levados pela mesma ideia, que os deslumbrava. E, através das suas largas passadas, as ervas altas silvavam.

— E para quê — prosseguia Rui. — Para que lhe serve todo o ouro que nos leva? Tu não o ouves, de noite, como tosse? Ao redor da palha em que dorme, todo o chão está negro do sangue que escarra! Não dura até às outras neves, Rostabal! Mas até lá terá dissipado os bons dobrões que deviam ser nossos, para levantarmos a nossa casa, e para tu teres ginetes, e armas, e trajes nobres, e o teu terço de solarengos, como compete, a quem é, como tu, o mais velho dos de Medranhos...

— Pois que morra, e morra hoje! — bradou Rostabal.

— Queres?

Vivamente, Rui agarrara o braço do irmão e apontava para a vereda de olmos, por onde Guannes partira cantando:

— Logo adiante, ao fim do trilho, há um sítio bom, nos silvados. E hás-de ser tu, Rostabal, que és o mais forte e o mais destro. Um golpe de ponta pelas costas. E é justiça de Deus que sejas tu, que muitas vezes, nas tavernas, sem pudor, Guannes te tratava de *cerdo*[2] e de torpe, por não saberes a letra nem os números.

— Malvado!

— Vem!

Foram. Ambos se emboscaram por trás dum silvado, que dominava o atalho, estreito e pedregoso como um leito de torrente. Rostabal, assolapado na vala, tinha já a espada nua. Um vento leve arrepiou na encosta as folhas dos álamos — e sentiram o repique leve dos sinos de Retortilho. Rui, coçando a barba, calculava as horas pelo Sol, que já se inclinava para as serras. Um bando de corvos passou sobre eles, grasnando. E Rostabal, que lhes seguira o voo, recomeçou a bocejar, com fome, pensando nos empadões e no vinho que o outro trazia nos alforjes.

Enfim! Alerta! Era, na vereda, a cantiga dolente e rouca, atirada aos ramos:

> *Olé! olé!*
> *Sale ia cruz de la iglesia,*
> *Toda vestida de negro...*

Rui murmurou:

— Na ilharga! Mal que passe!

O chouto da égua bateu o cascalho, uma pluma num *sombrero* vermelhejou por sobre a ponta das silvas.

Rostabal rompeu de entre a sarça por uma brecha, atirou o braço, a longa espada — e toda a lâmina se embebeu molemente na ilharga de Guannes, quando ao rumor, bruscamente, ele se virara na sela. Com um surdo arranco, tombou de lado, sobre as pedras. Já

---

2 *Cerdo*: porco.

CIVILIZAÇÃO E OUTROS CONTOS 93

Rui se arremessava aos freios da égua — Rostabal, caindo sobre Guannes, que arquejava, de novo lhe mergulhou a espada, agarrada pela folha como um punhal, no peito e na garganta.

— A chave! — gritou Rui.

E arrancada a chave do cofre ao seio do morto, ambos largaram pela vereda — Rostabal adiante, fugindo, com a pluma do *sombrero* quebrada e torta, a espada ainda nua entalada sob o braço, todo encolhido, arrepiado com o sabor do sangue que lhe espirrara para a boca; Rui, atrás, puxando desesperadamente os freios da égua, que, de patas fincadas no chão pedregoso, arreganhando a longa dentuça amarela, não queria deixar o seu amo assim estirado, abandonado, ao comprido das sebes.

Teve de lhe espicaçar as ancas lazarentas com a ponta da espada — e foi correndo sobre ela, de lâmina alta, como se perseguisse um mouro, que desembocou na clareira onde o sol já não dourava as folhas. Rostabal arremessara para a relva o *sombrero* e a espada; e debruçado sobre a laje escavada em tanque, de mangas arregaçadas, lavava, ruidosamente, a face e as barbas.

A égua, quieta, recomeçou a pastar, carregada com os alforjes novos que Guannes comprara em Retortilho. Do mais largo, abarrotado, surdiam dois gargalos de garrafas. Então Rui tirou lentamente do cinto a sua larga navalha. Sem um rumor na relva espessa, deslizou até Rostabal, que resfolgava, com as longas barbas pingando. E serenamente, como se pregasse uma estaca num canteiro, enterrou a folha toda no largo dorso dobrado, certeira sobre o coração.

Rostabal caiu sobre o tanque, sem um gemido, com a face na água, os longos cabelos flutuando na água. A sua velha escarcela de couro ficara entalada sob a coxa. Para tirar de dentro a terceira chave do cofre, Rui solevou o corpo — e um sangue mais grosso jorrou, escorreu pela borda do tanque, fumegando.

III

Agora eram dele, só dele, as três chaves do cofre!... E Rui, alargando os braços, respirou deliciosamente. Mal a noite descesse, com o ouro metido nos alforjes, guiando a fila das éguas pelos trilhos da serra, subiria a Medranhos e enterraria na adega o seu tesouro! E quando ali na fonte, e além rente aos silvados, só restassem, sob as neves de Dezembro, alguns ossos sem nome, ele seria o magnífico senhor de Medranhos, e na capela nova do solar renascido mandaria dizer missas ricas pelos seus dois irmãos mortos... Mortos como? Como devem morrer os de Medranhos — a pelejar contra o Turco!

Abriu as três fechaduras, apanhou um punhado de dobrões, que fez retinir sobre as pedras. Que puro ouro, de fino quilate! E era o *seu* ouro! Depois foi examinar a capacidade dos alforjes — e encontrando as duas garrafas de vinho, e um gordo capão assado, sentiu uma imensa fome. Desde a véspera só comera uma lasca de peixe seco. E há quanto tempo não provava capão!

Com que delícia se sentou na relva, com as pernas abertas, e entre elas a ave loura, que recendia, e o vinho cor de âmbar! Ah! Guannes fora bom mordomo — nem esquecera azeitonas. Mas, por que trouxe ele, para três convivas, só duas garrafas? Rasgou uma asa do capão: devorava a grandes dentadas. A tarde descia, pensativa e doce, com nuvenzinhas cor-de-rosa. Para além, na vereda, um bando de corvos grasnava. As éguas fartas dormitavam, com o focinho pendido. E a fonte cantava, lavando o morto.

Rui ergueu à luz a garrafa de vinho. Com aquela cor velha e quente, não teria custado menos de três maravedis. E pondo o gargalo à boca, bebeu em sorvos lentos, que lhe faziam ondular o pescoço peludo. Oh vinho bendito, que tão prontamente aquecia o sangue! Atirou a garrafa vazia — destapou outra. Mas, como era avisado, não bebeu, porque a jornada para a serra, com o tesouro, requeria firmeza e acerto. Estendido sobre o cotovelo, descansando, pensava em Medranhos coberto de telha nova, nas altas chamas da lareira por noites de neve, e o seu leito com brocados, onde teria sempre mulheres.

De repente, tomado de uma ansiedade, teve pressa de carregar os alforjes. Já entre os troncos a sombra se adensava. Puxou uma das éguas para junto do cofre, ergueu a tampa, tomou um punhado de ouro... Mas oscilou, largando os dobrões que retilintaram no chão, e levou as duas mãos aflitas ao peito. Que é, D. Rui? Raios de Deus! Era um lume, um lume vivo, que se lhe acendera dentro, lhe subia até às goelas. Já rasgara o gibão, atirava os passos incertos, e, a arquejar, com a língua pendente, limpava as grossas bagas dum suor horrendo que o regelava como neve. Oh Virgem Mãe! Outra vez o lume, mais forte, que alastrava, o roía! Gritou:

— Socorro! Alguém! Guannes! Rostabal!

Os seus braços torcidos batiam o ar desesperadamente. E a chama dentro galgava — sentia os ossos a estalarem como as traves duma casa em fogo.

Cambaleou até à fonte para apagar aquela labareda, tropeçou sobre Rostabal; e foi com o joelho fincado no morto, arranhando a rocha, que ele, entre uivos, procurava o fio de água, que recebia sobre os olhos, pelos cabelos. Mas a água mais o queimava, como se fosse um metal derretido. Recuou, caiu para cima da relva que arrancava aos punhados, e que mordia, mordendo os dedos, para lhe sugar a frescura. Ainda se ergueu, com uma baba densa a escorrer-lhe nas barbas: e de repente, esbugalhando pavorosamente os olhos, berrou, como se compreendesse enfim a traição, todo o horror:

— É veneno!

Oh! D. Rui, o avisado, era veneno! Porque Guannes, apenas chegara a Retortilho, mesmo antes de comprar os alforjes, correra cantando a uma viela, por detrás da catedral, a comprar ao velho droguista judeu o veneno que, misturado ao vinho, o tornaria a ele, a ele somente, dono de todo o tesouro.

Anoiteceu. Dois corvos de entre o bando que grasnava, além nos silvados, já tinham pousado sobre o corpo de Guannes. A fonte, cantando, lavava o outro morto. Meio enterrada na erva negra, toda a face de Rui se tornara negra. Uma estrelinha tremeluzia no céu.

O tesouro ainda lá está, na mata de Roquelanes.